U0047427

百鬼夜行誌

妖怪卷

阿慢 著

名主持人／愛講古的福州伯

許效舜～專文盛讚！

從小在廟旁聽大人講古，從神明說到鬼怪，從教忠教孝講到小孩鬼吼鬼叫！長大才慢慢了解，這其中包含了許多寓意、警世、輪迴報應的提醒，告誡著成長中的孩子，冥冥之中有許多不該違背的生命法則……

幾年前，我在一個綜藝節目中扮演「福州伯」講鬼故事，雖然以詼諧做為包裝，但是基本的道德元素、諸惡莫作、眾善奉行的精神使命，到今天依然深留在大家印象中。

這個新世代又看到阿慢，用不同的圖像方式，以漫畫的分鏡陳述，將臺灣在地一個又一個大家耳熟能詳的故事，一頁一頁圖解得一清二楚，讓當代的年輕人又一次在成長的重要階段中，受到準確的震撼教育。

我喜歡阿慢的角色表情、用色差異，尤其許多情節的突兀表現和驚豔的結語，值得讚賞！

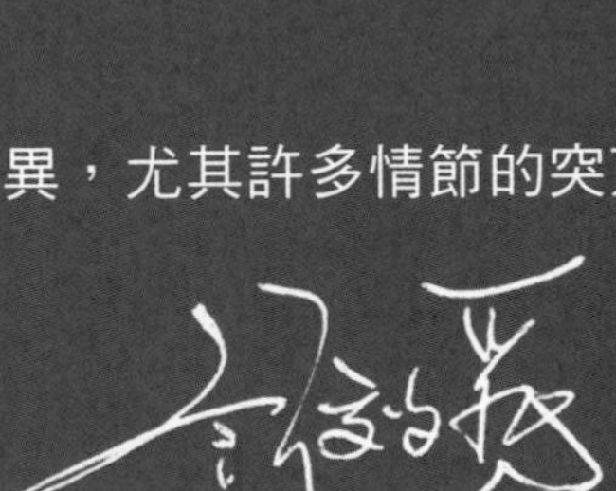

人氣圖文作家們～
比讚推薦！

枯鎖

這本書勾起我小時候超怕的
那些恐怖故事回憶……

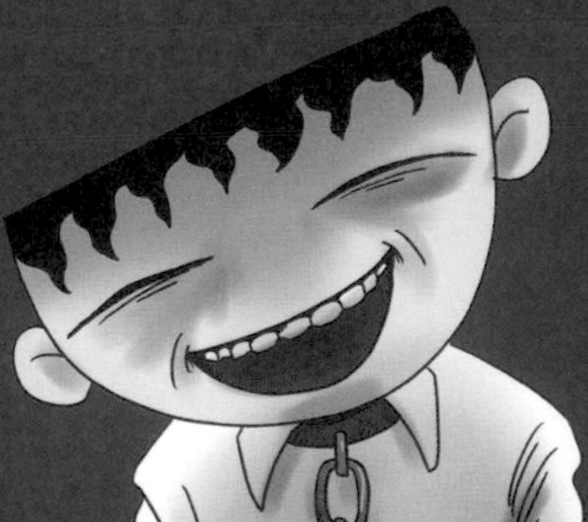

馬克

我可以讓你笑著笑著就流
淚了，阿慢可以讓你笑著
笑著就嚇昏了！

藍島

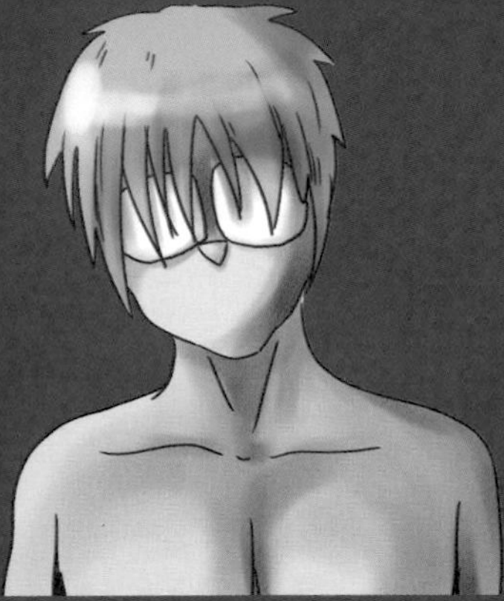

你有過一邊冒冷汗、
一邊起「笑」的經驗
嗎？不要懷疑，看這
本就對了！

謝東霖

嚇到發抖，笑到發抖，
一次滿足！

前言

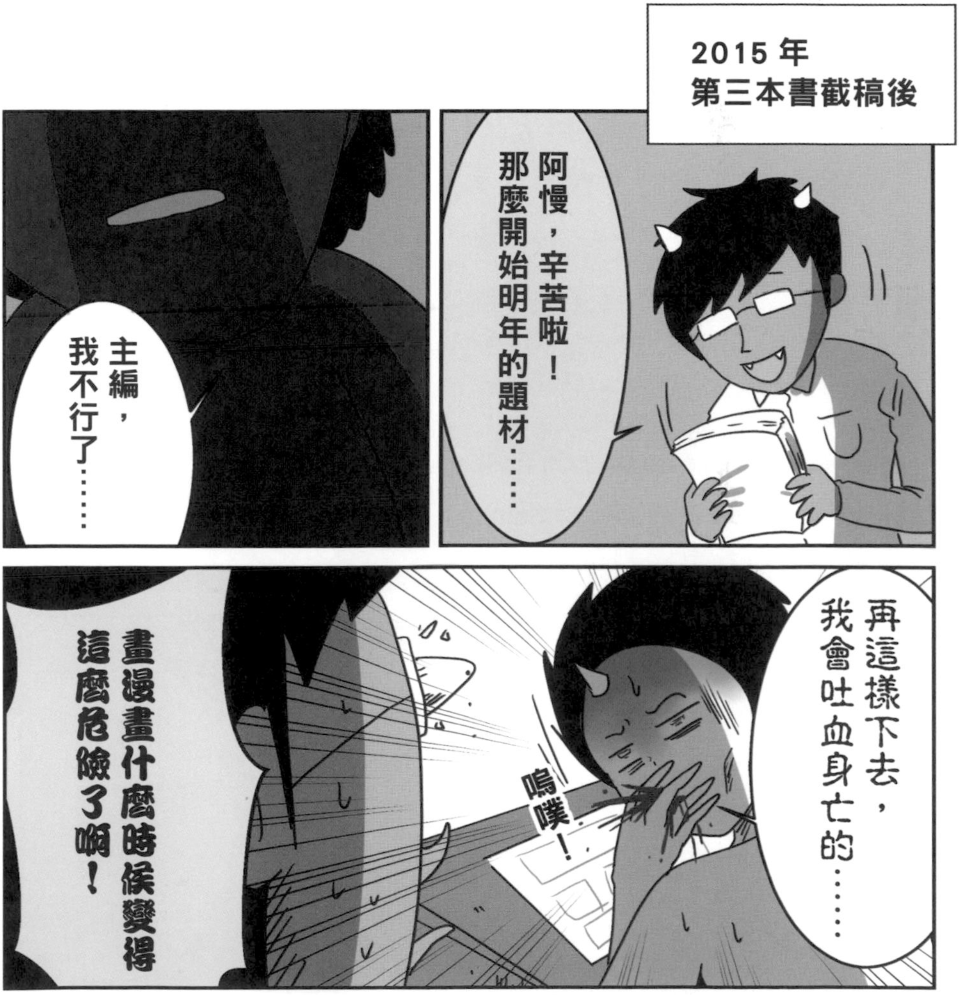
2015年
第三本書截稿後
阿慢，辛苦啦！那麼開始明年的題材……
主編，我不行了……
再這樣下去，我會吐血身亡的……
嗚噗！
畫漫畫什麼時候變得這麼危險了啊！

我已經連續出版三本書，
每本都準時交稿，
TAIWAN Ghost MAP
再加上還在 Webtoon 平臺裡連載網路漫畫，
WEBTOON
恐怖
百鬼夜行誌・一夜怪談之卷
阿慢
「恐怖與搞笑只有一線之隔。」這是一部讓人感到莫名其妙的短篇…
評分
206,973 ★9.51
觀看第一話 >
#296
#295
歡迎大家下載 Line Webtoon 來看阿慢的漫畫哦！
我已經快要撐不下去了……
真是辛苦啦！

好吧！作家的健康也是很重要的！
那麼就讓你休息一年吧！
真的嗎？
小傻瓜，你是我最疼惜的作家嘛～
主編大人～～
謝謝你，那麼我就準備出國……不是——
準備回家好好休養……

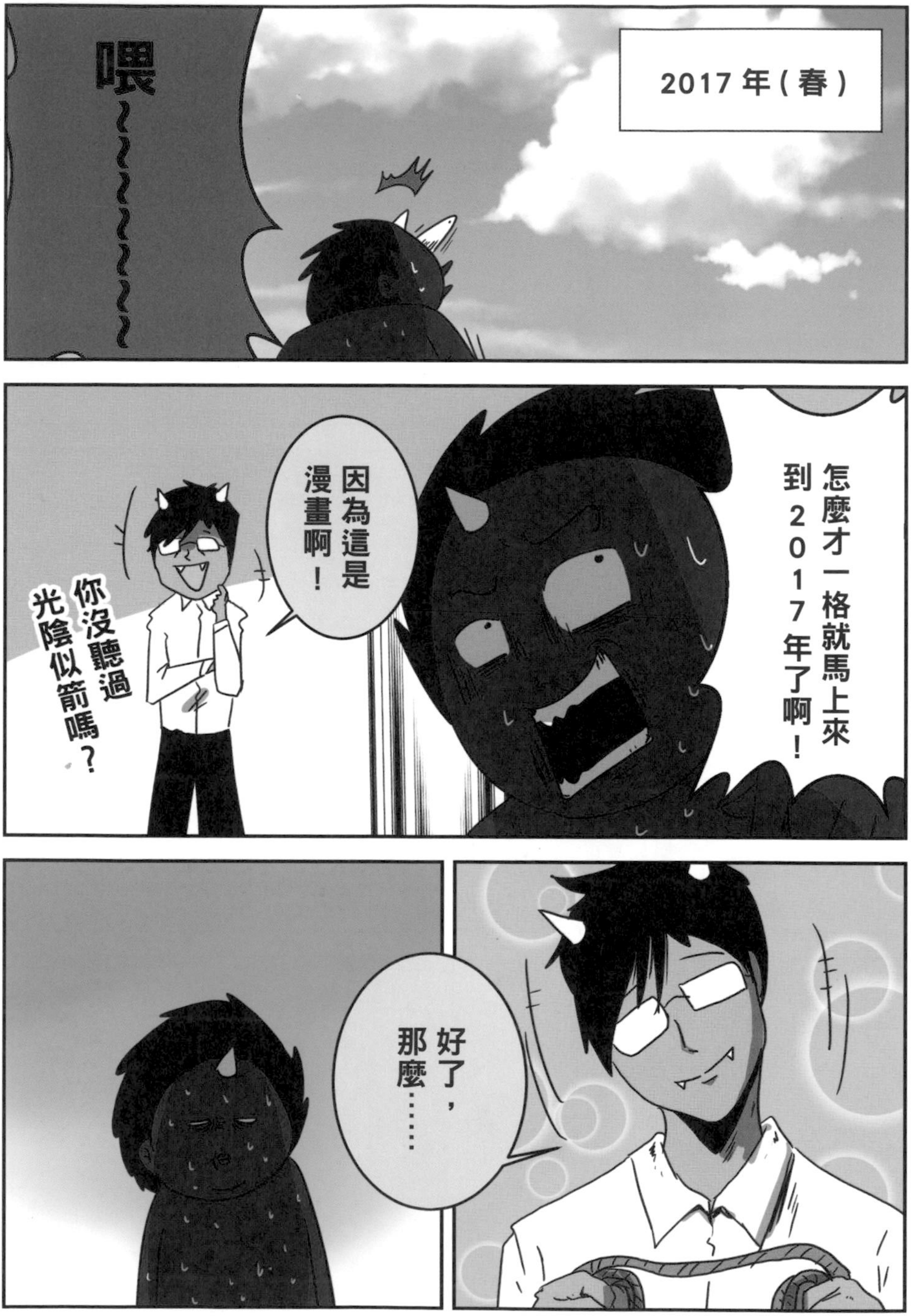
2017年（春）
喂~~~~~~~~~~
怎麼才一格就馬上來到2017年了啊！
因為這是漫畫啊！
你沒聽過光陰似箭嗎？
好了，那麼……

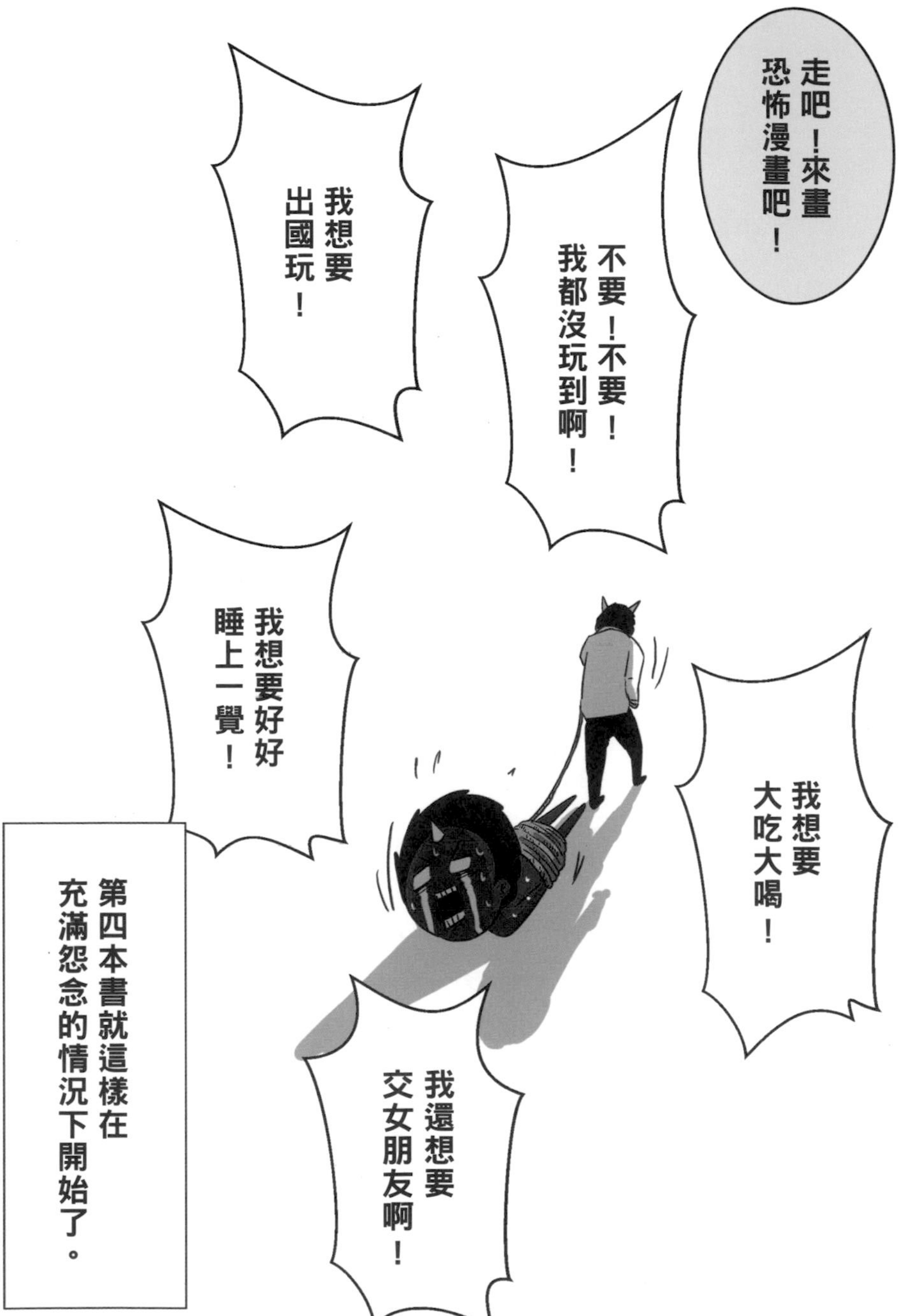
走吧！來畫恐怖漫畫吧！
不要！不要！我都沒玩到啊！
我想要出國玩！
我想要大吃大喝！
我想要好好睡上一覺！
我還想要交女朋友啊！
第四本書就這樣在充滿怨念的情況下開始了。

哈囉，大家好，我是《百鬼夜行誌》的作者，
我是阿慢。

休息了一年，終於又在鬼月跟大家見面囉！

小時候曾經看過日本漫畫《靈異教師神眉》
對裡面各種妖怪的解說與介紹，
都覺得非常有趣!!

我想著，假如他們還生活在現代呢？
這部漫畫就這樣誕生了~~

他們到現在依然存活著……

沒有人看過，就表示他們不存在嗎？

也許只是隱藏了起來，
跟人類一同生活也說不定呢……

那麼，又恐怖又有趣的《妖怪卷》
請大家開始閱讀吧～

目次

陌生的婆婆

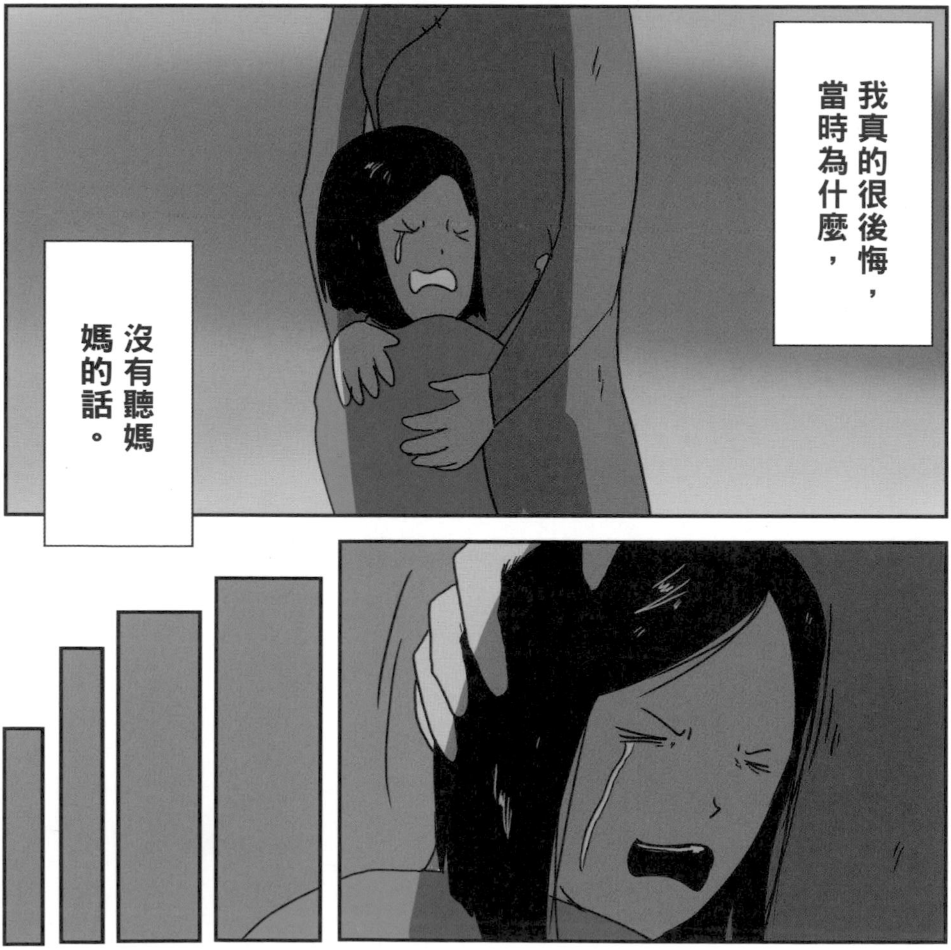
我真的很後悔，
當時為什麼，
沒有聽媽媽的話。

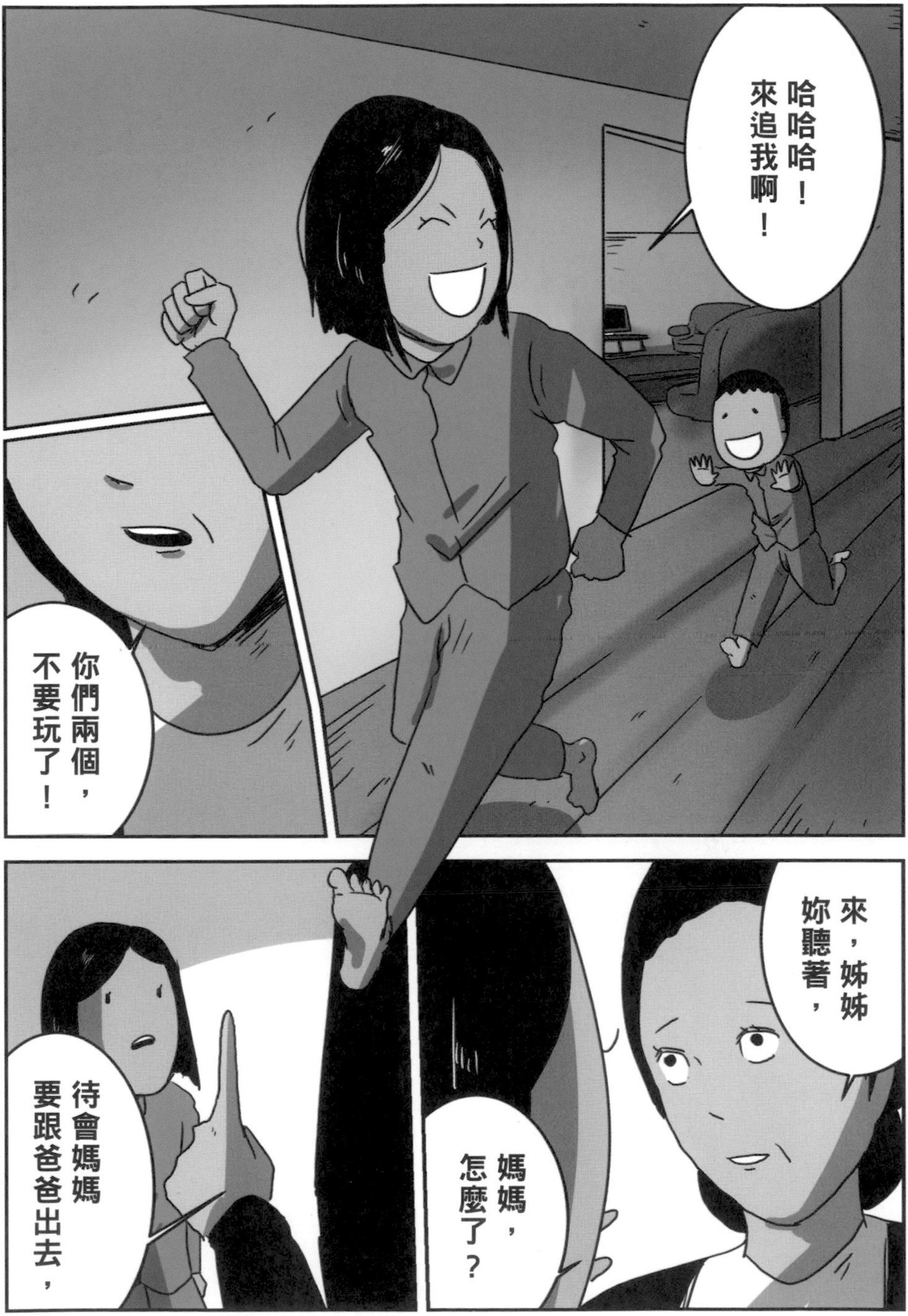
哈哈哈！
來追我啊！
你們兩個，
不要玩了！
來，姊姊
妳聽著，
媽媽，
怎麼了？
待會媽媽
要跟爸爸出去，

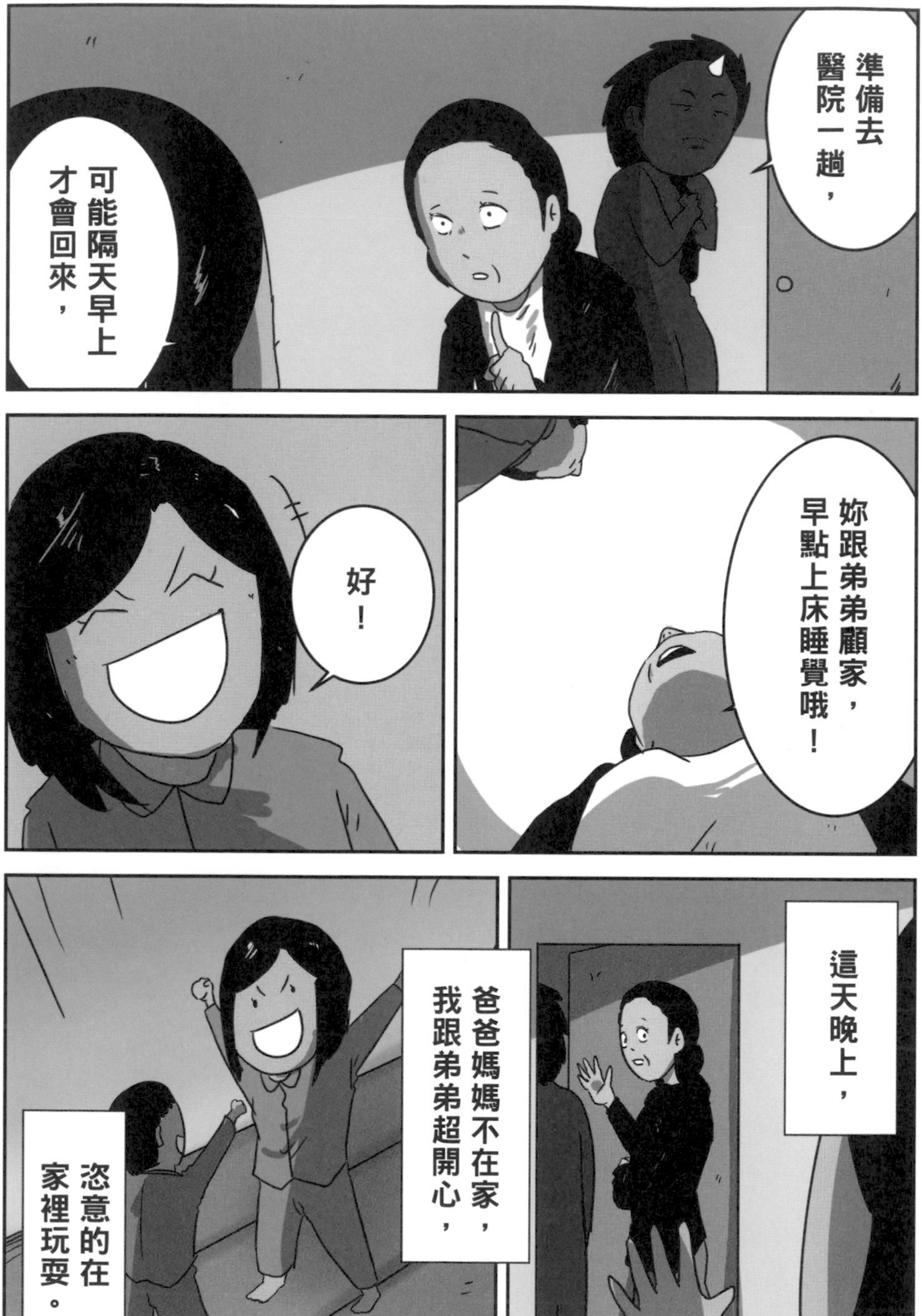
準備去
醫院一趟，
可能隔天早上
才會回來，
妳跟弟弟顧家，
早點上床睡覺哦！
好！
這天晚上，
爸爸媽媽不在家，
我跟弟弟超開心，
恣意的在
家裡玩耍。

直到……
叮咚！
我去開門！
嗯？
哎呀！

好可愛的小朋友啊！
不好意思，婆婆，請問妳找誰？

抱歉、抱歉，婆婆忘了說！
是你們媽媽叫我過來照顧你們姊弟倆的！
你們看，婆婆我帶了好多零食哦！
哇啊！
婆婆請進，我可以先吃點零食嗎？

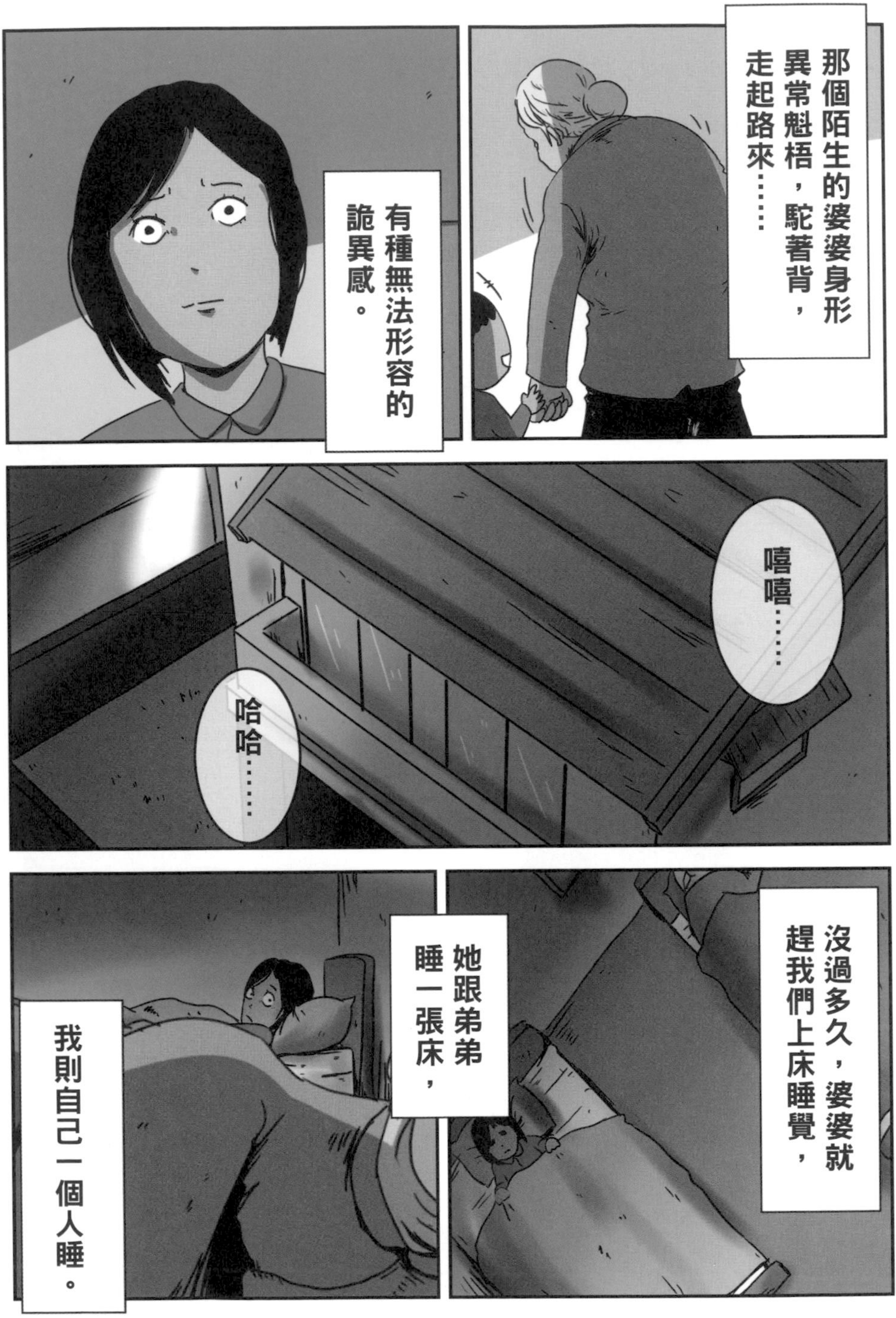
那個陌生的婆婆身形異常魁梧，駝著背，走起路來……
有種無法形容的詭異感。
嘻嘻……
哈哈……
沒過多久，婆婆就趕我們上床睡覺，
她跟弟弟睡一張床，
我則自己一個人睡。

玩了一晚，我也累了，翻了個身，
不知不覺就睡著了……
喀滋！
喀滋！
半夜，我被奇怪的咀嚼聲給吵醒……

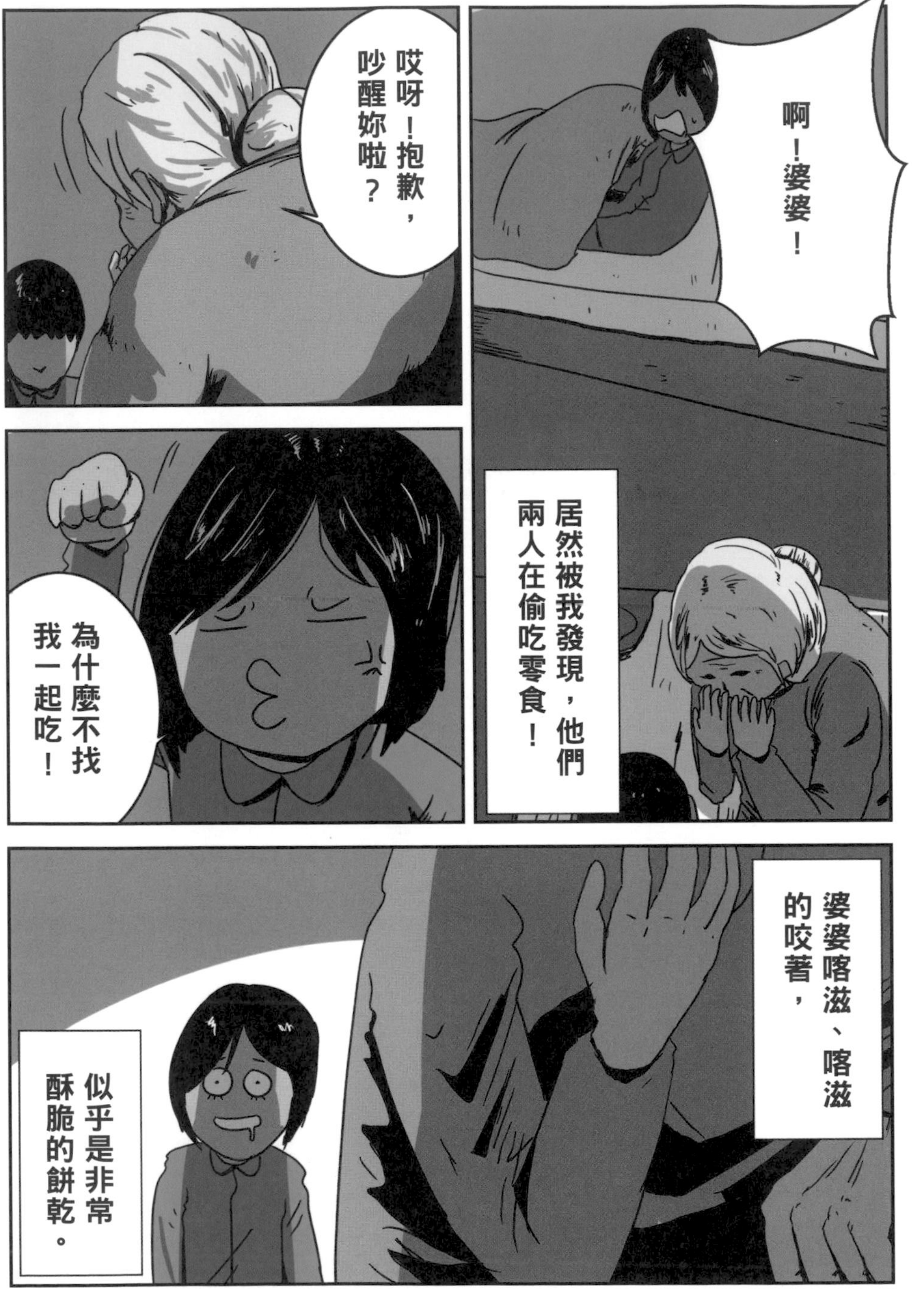
啊！婆婆！
哎呀！抱歉，吵醒妳啦？
居然被我發現，他們兩人在偷吃零食！
為什麼不找我一起吃！
婆婆喀滋、喀滋的咬著，
似乎是非常酥脆的餅乾。

我也想要吃啦！
嘿咻！
我下床跑了過去，從床上拿起餅乾。
讓我嘗嘗！
咦？
哇啊啊啊！

這……這……
這不是手指頭嗎?!
妳這壞小孩…
怎麼可以……

把好吃的東西
丟在地上呢？

原來婆婆根本不是人，
而是有著一張老虎臉孔的妖怪！
我嚇得奪門而出，
拚命跑到大街上。
不要跑！

別停下來，快跑！
突然有個人抓住我的手，
帶著我離開。
逃跑的路上，我才回想起，
媽媽出門前對我說過的話，
千萬不可以讓不認識的人進來家裡面！
要是我當時阻止她進門就好了……

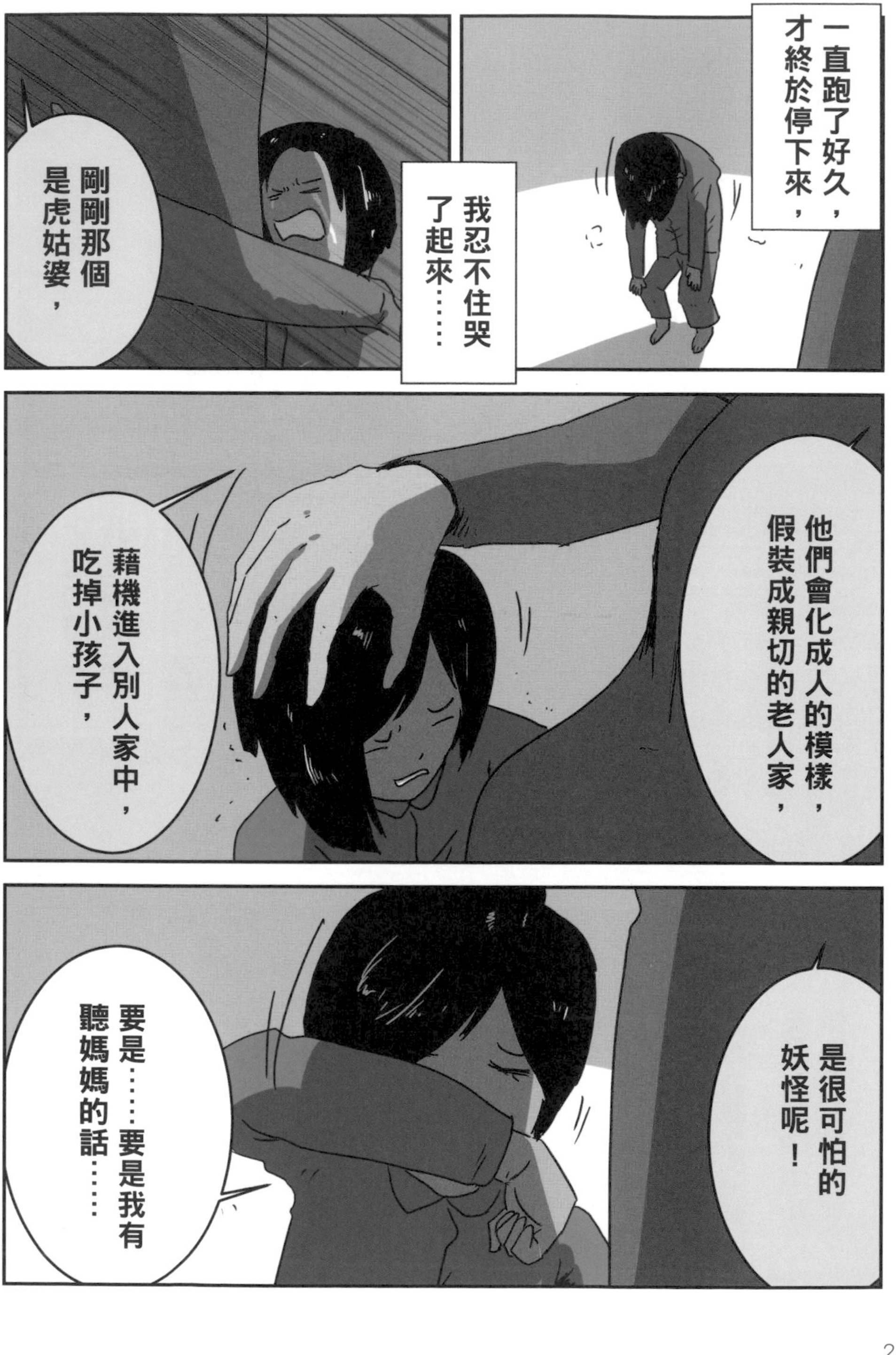
一直跑了好久，才終於停下來，
我忍不住哭了起來……
剛剛那個是虎姑婆，
他們會化成人的模樣，假裝成親切的老人家，
藉機進入別人家中，吃掉小孩子，
是很可怕的妖怪呢！
要是……要是我有聽媽媽的話……

弟弟就不會被虎姑婆給吃掉……
咦？
啊，對了，
我忘記跟妳說，

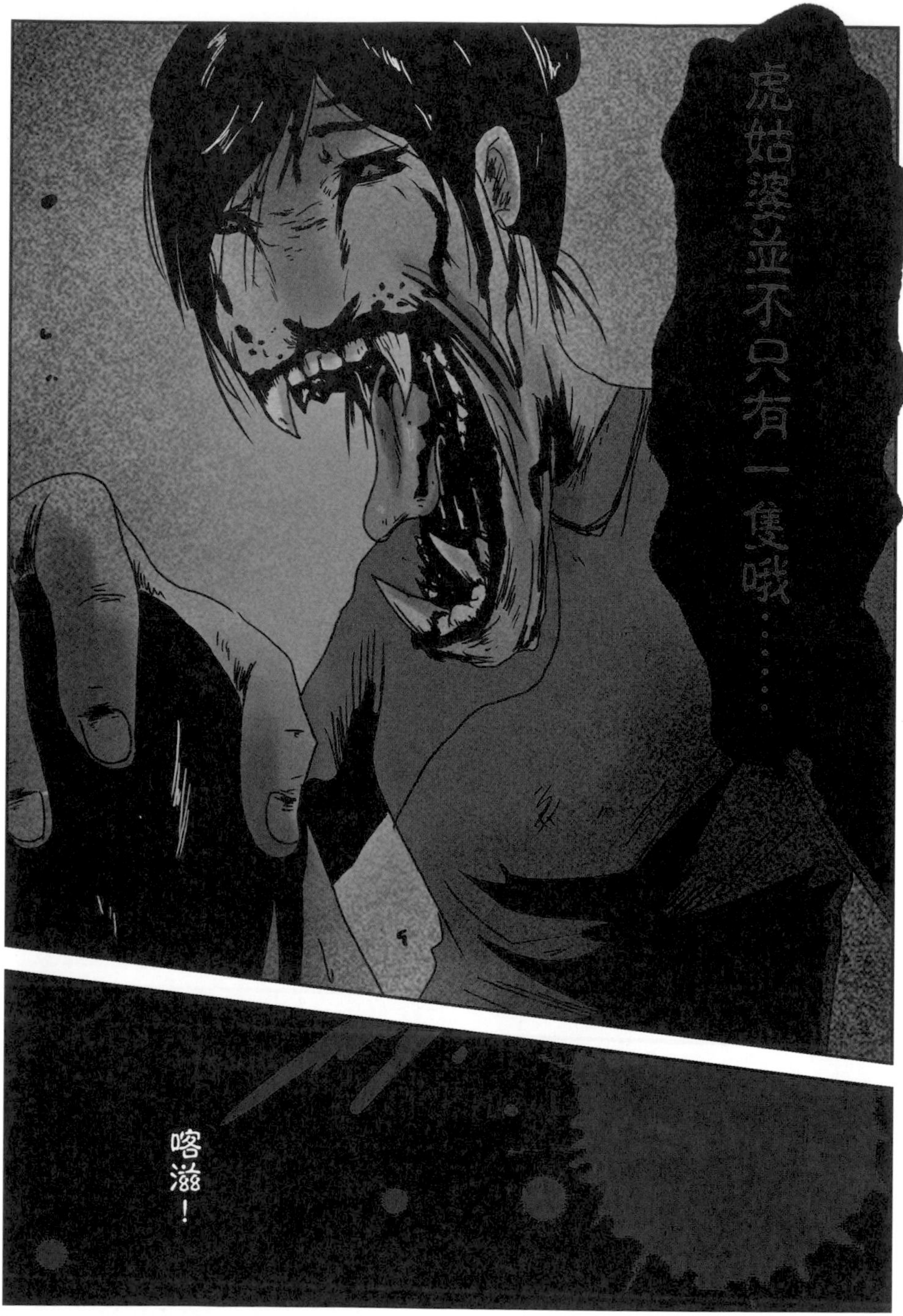

【陌生的婆婆・完】

虎姑婆
山上的老虎精化身為老太婆，
是臺灣民間傳說中的妖怪。
喜歡吃小孩，常趁夜晚大人不在家時，
進入屋內拐騙小孩，再趁機吃掉他們！

河中伸出的手

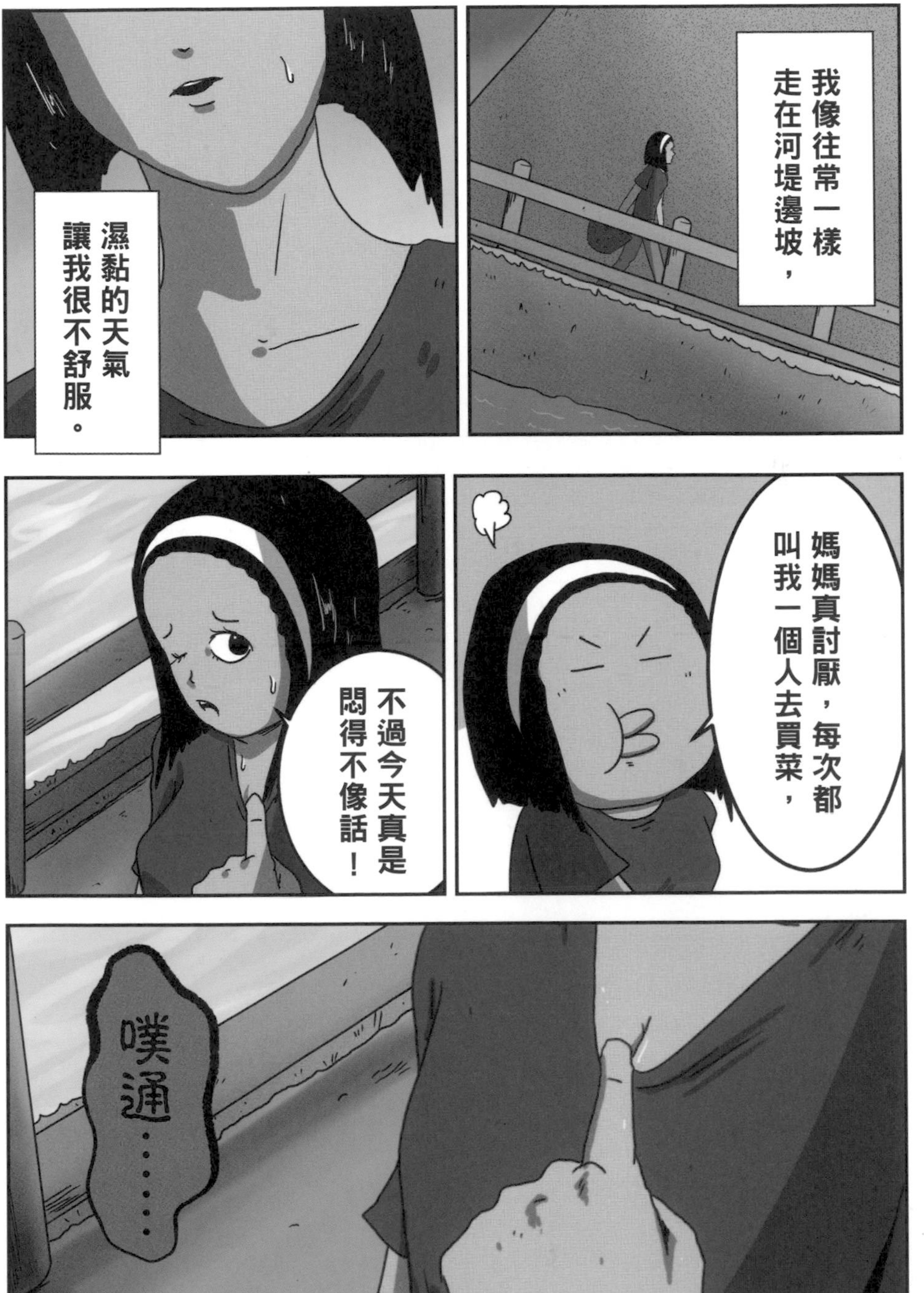
我像往常一樣走在河堤邊坡，
濕黏的天氣讓我很不舒服。
媽媽真討厭，每次都叫我一個人去買菜，
不過今天真是悶得不像話！
噗通……

嗯？
突然，我聽到一聲沉重的水聲，
像是河面上冒出了什麼東西。
聽錯了嗎？
算了，
趕緊回家去吧……
啪搭！

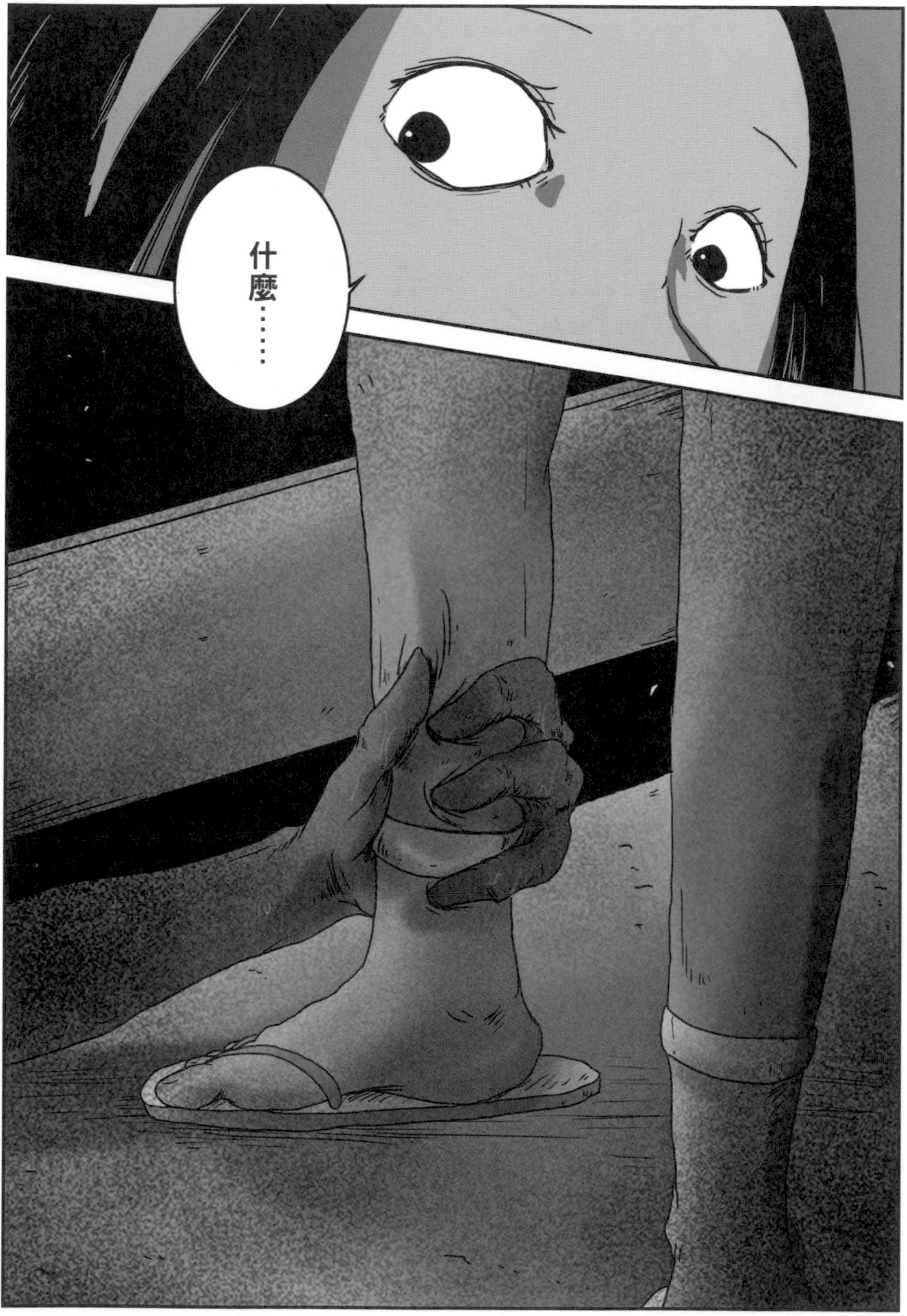
什麼……

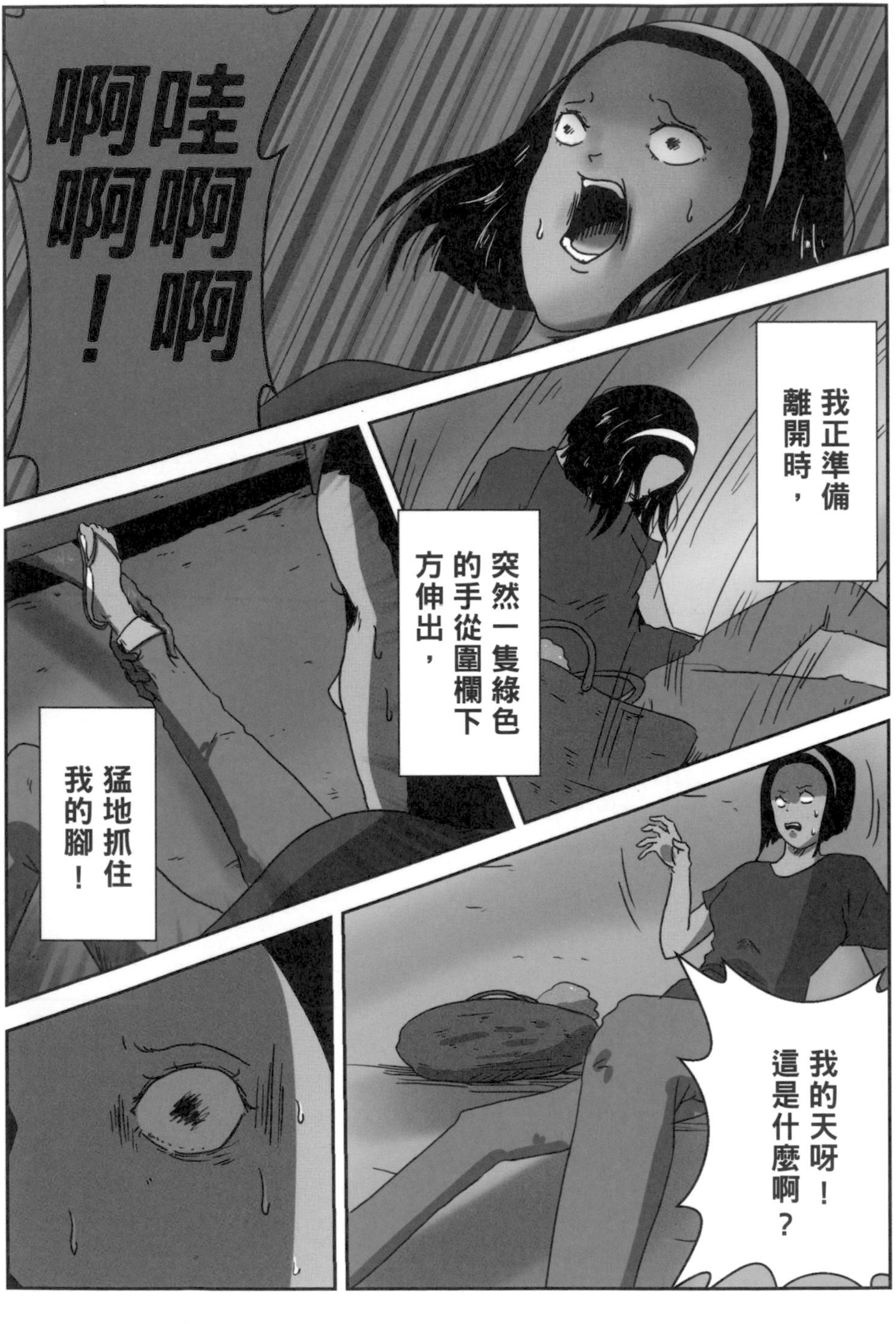
哇啊啊啊啊啊！
我正準備離開時，
突然一隻綠色的手從圍欄下方伸出，
猛地抓住我的腳！
我的天呀！這是什麼啊？

仔細一看，護欄底下，
有個睜大著眼睛、披頭散髮，
像猴子又像烏龜的怪物，緊抓著我不放！
不要……你不要過來！
救……救命啊！

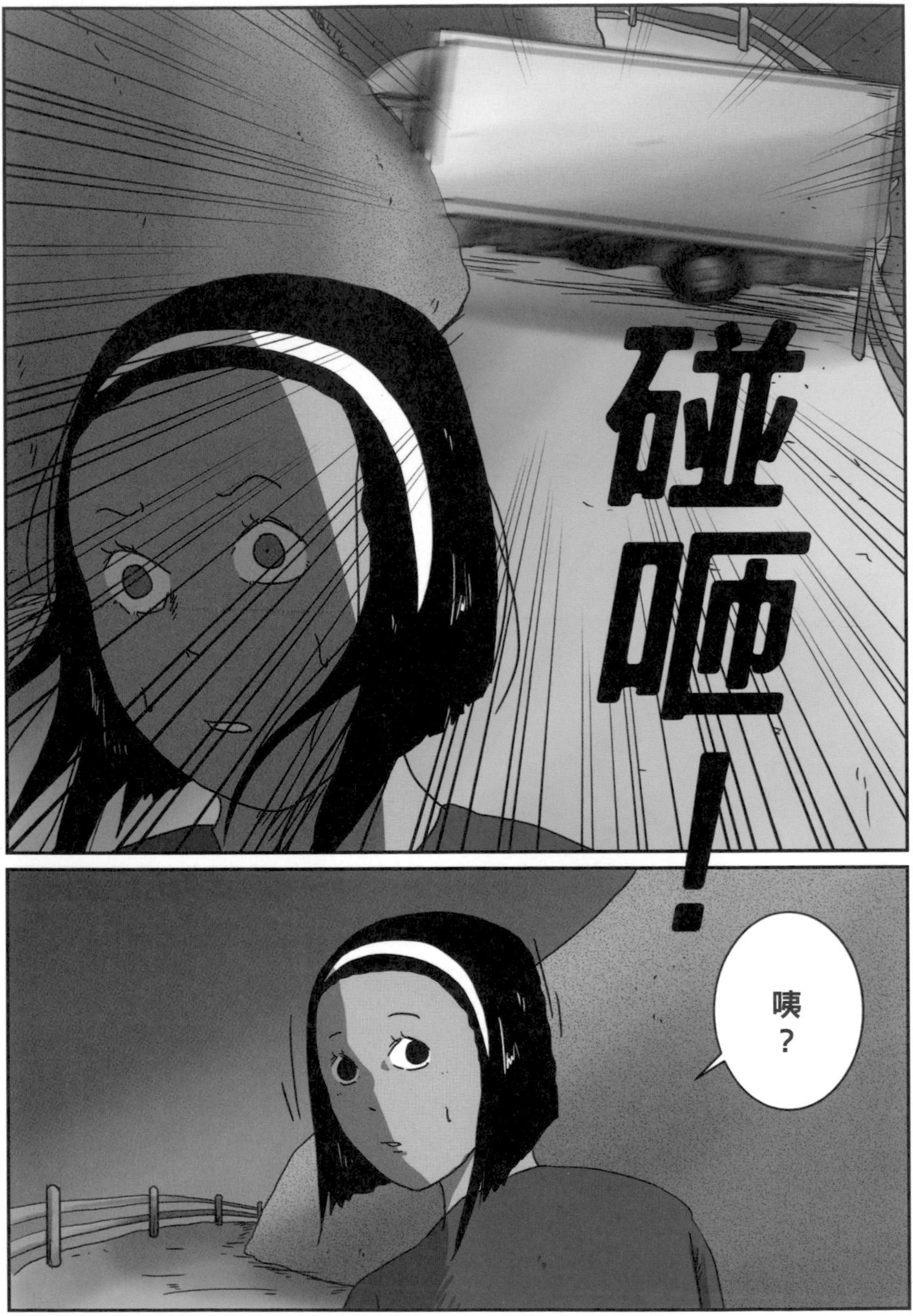
碰咂！
咦？

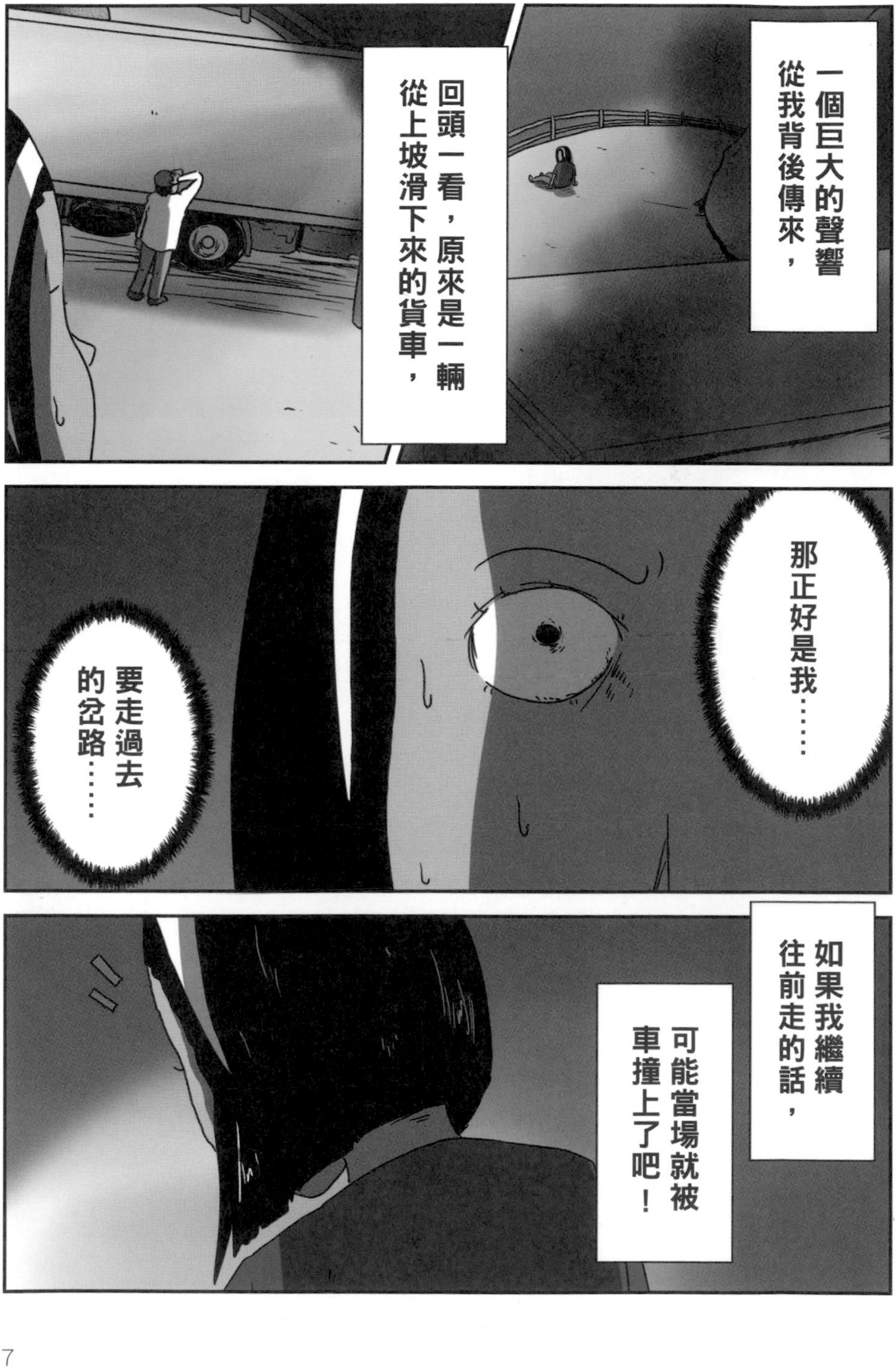
一個巨大的聲響
從我背後傳來，
回頭一看，原來是一輛
從上坡滑下來的貨車，
那正好是我……
要走過去
的岔路……
如果我繼續
往前走的話，
可能當場就被
車撞上了吧！

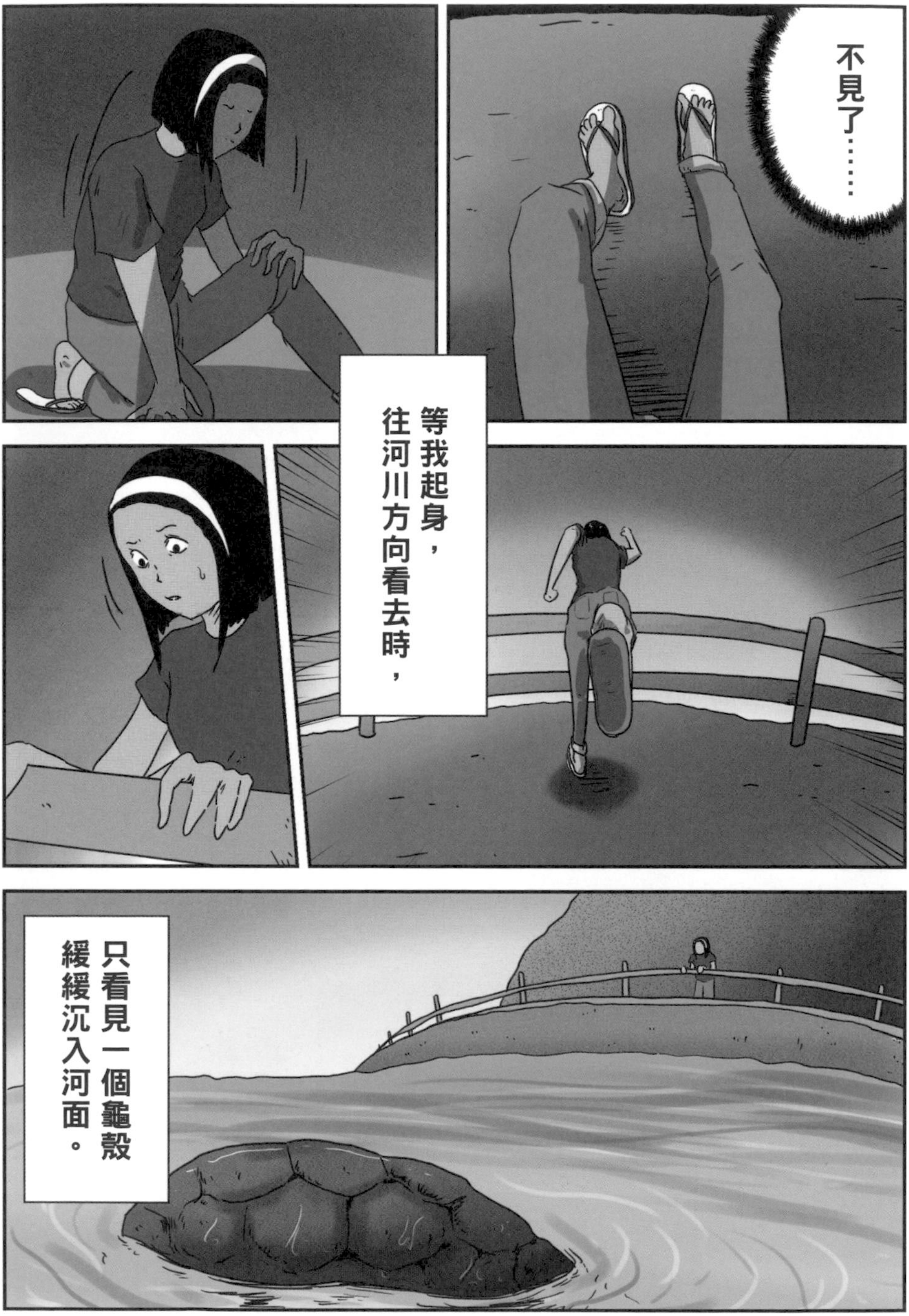
不見了……
等我起身，
往河川方向看去時，
只看見一個龜殼
緩緩沉入河面。

謝……
非常謝謝你！
你是為了救我，
才攔住我的吧？
真的很感謝你！
那綠色的怪物就這麼
消失在河川上。
咕嚕……

回家吧！
我撿起地上的手提袋，
才注意到，剛剛買的一整袋小黃瓜，
全都被拿走了。
他到底是為了救我，還是為了小黃瓜才抓住我呢？
至今依然無解……

【河中伸出的手・完】

河童

有鳥的喙、青蛙的四肢、猴子的身體及烏龜的殼，日本神話中的傳說生物。頭頂上有個碟，只要沒有水就會沒有體力，據說非常喜歡吃小黃瓜。

山中怪人

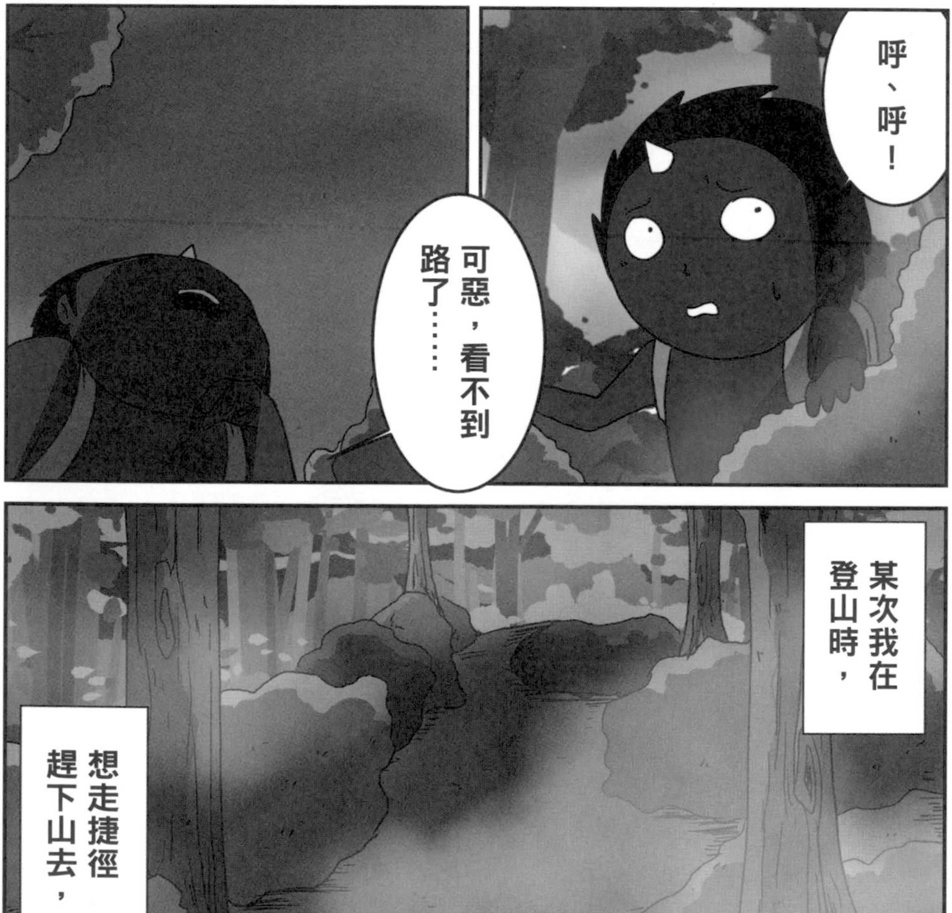
呼、呼！
可惡，看不到路了……
某次我在登山時，
想走捷徑趕下山去，

沒想到反而在山上迷路，
沒有月光的夜晚，加上濃霧和細雨，
我開始擔心自己能不能安全活下來。
咦？
太好了！有個山洞！

偶然發現的山洞
雖然空間不大，
不過至少能夠
遮風避雨，
我生了把火，
想等天亮後再
走下山去。
唰～

突然，山洞外傳來腳步聲，
洞口出現了一個人影，
那個人什麼話也沒說，
就只是默默的站著。
那個……不介意的話，
歡迎進來取暖哦～

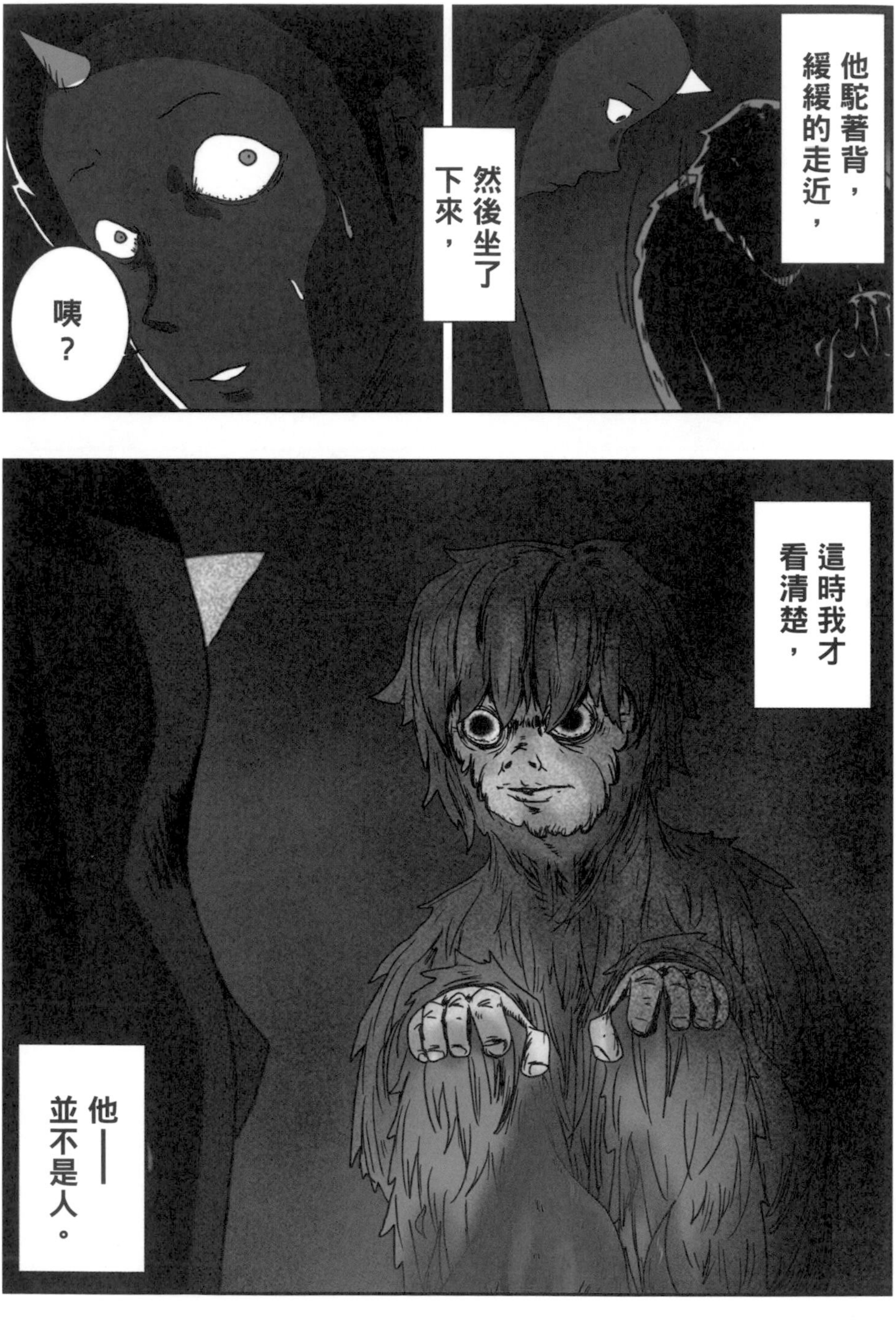
他駝著背，
緩緩的走近，
然後坐了
下來，
咦？
這時我才
看清楚，
他——
並不是人。

他是什麼啊？
全身覆蓋著毛皮，
有著像人類的臉孔，
簡直就像
猿人一樣！
他……
他是什麼啊？
簡直就像
猿人一樣……

沒想到那怪人開口的第一句話，
居然是重複了我剛剛內心想的話。
奇怪，他怎麼會知道我在想什麼？
奇怪，他怎麼會知道……
我在想什麼？
妖怪！絕對是遇到山中的妖怪了！
我的身體開始不由自主的發抖。

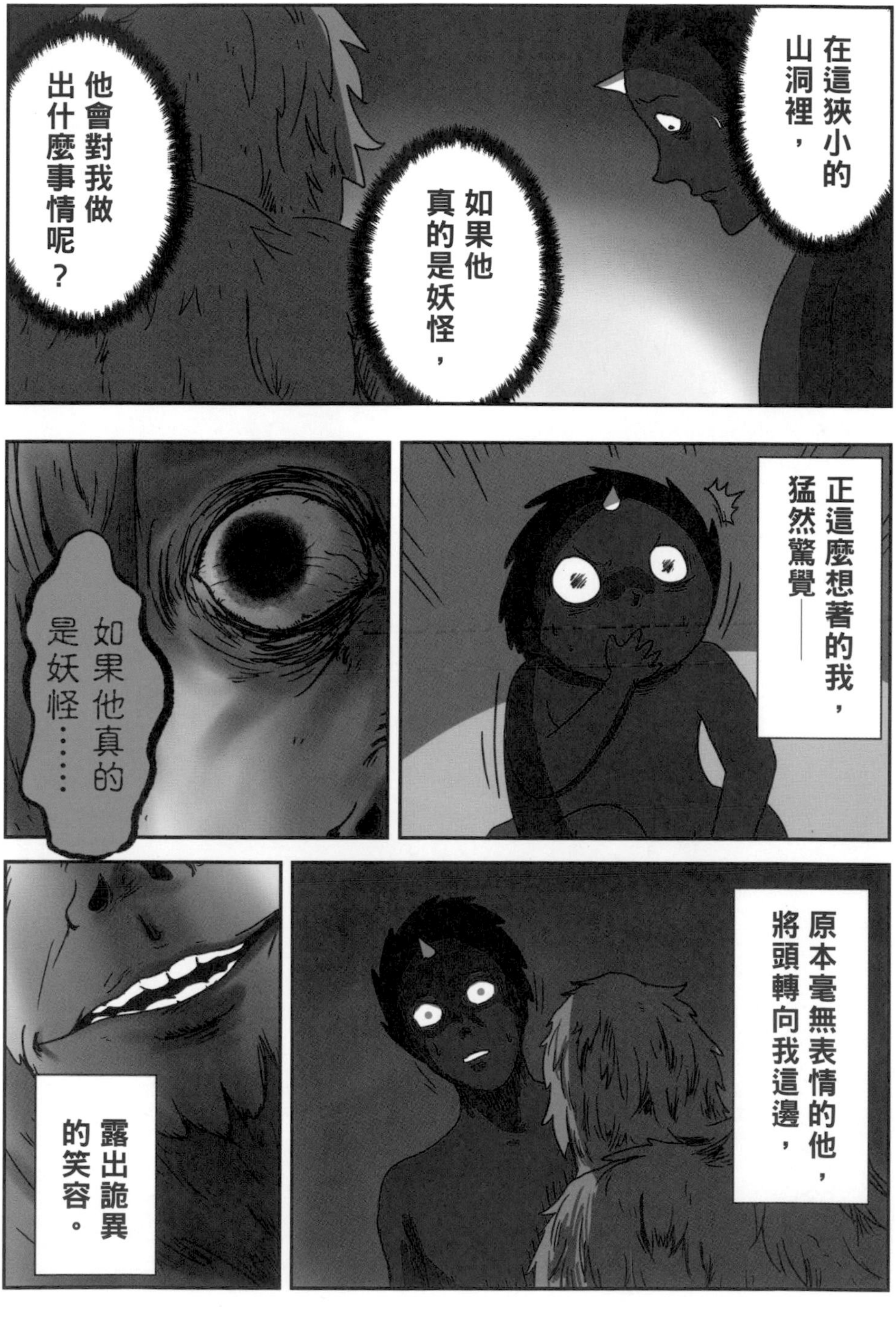
在這狹小的山洞裡，
如果他真的是妖怪，
他會對我做出什麼事情呢？
正這麼想著的我，猛然驚覺——
如果他真的是妖怪……
原本毫無表情的他，將頭轉向我這邊，
露出詭異的笑容。

他會對我……
做出什麼事情呢？
嘶……

哇啊啊！你這傢伙，
放屁也不說一聲！
你們人類真的
很沒公德心！
那妖怪就這樣
一邊碎碎唸，
一邊捏著鼻子，快速的
消失在漆黑的山洞外。

【山中怪人・完】

覺

長得像猿人，全身黑毛但沒有尾巴、能直立行走，
是在日本東北地區出沒的妖怪。
覺會讀心術，常會將人的心聲講出來，
因此使人害怕，
但不會傷害人類，只是比較煩人而已。

送傘的女人

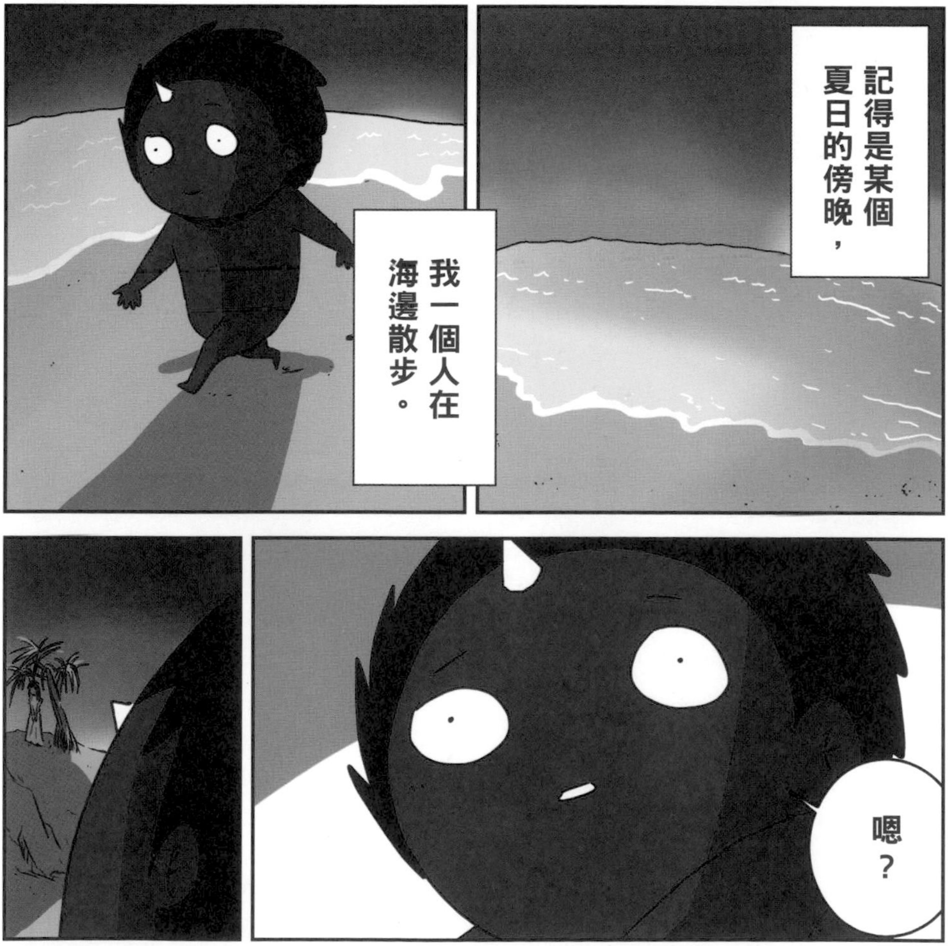
記得是某個
夏日的傍晚，
我一個人在
海邊散步。
嗯？

離海岸邊
不遠處，
有一個長髮的女人，
滿面愁容的望著海。

雖然看起來有點年紀，
但絲毫不減她的美麗，
先生！
不好意思，請問你認識這個人嗎？
她拿著一幅畫，看來是在找人。
我拿過來看了又看，

實在是看不懂
她在畫什麼碗糕……
這個男人
是我的老公，
結婚沒多久後，
他向我借了筆錢，
說要出海
去做生意，
要賺很多的錢，
讓我過更
好的生活。

但是我等了好多好多年，
他都沒有出現。
後來我才知道，他早就賺了一大筆錢回來了，
另外娶了漂亮的妻子，還生下兩個小孩，
我卻像傻瓜一樣，一直待在這棵林投樹下，
等他歸來……

她說著、說著便開始流淚，
我也不曉得該如何安慰她。
嗯？
不好意思，這畫中男子手上這一塊，
是痣嗎？
啊，是的，他手上有一顆很大的黑痣。
那我知道他是誰了，他就住我家附近！
真的嗎？
那麼請你幫我一個忙，

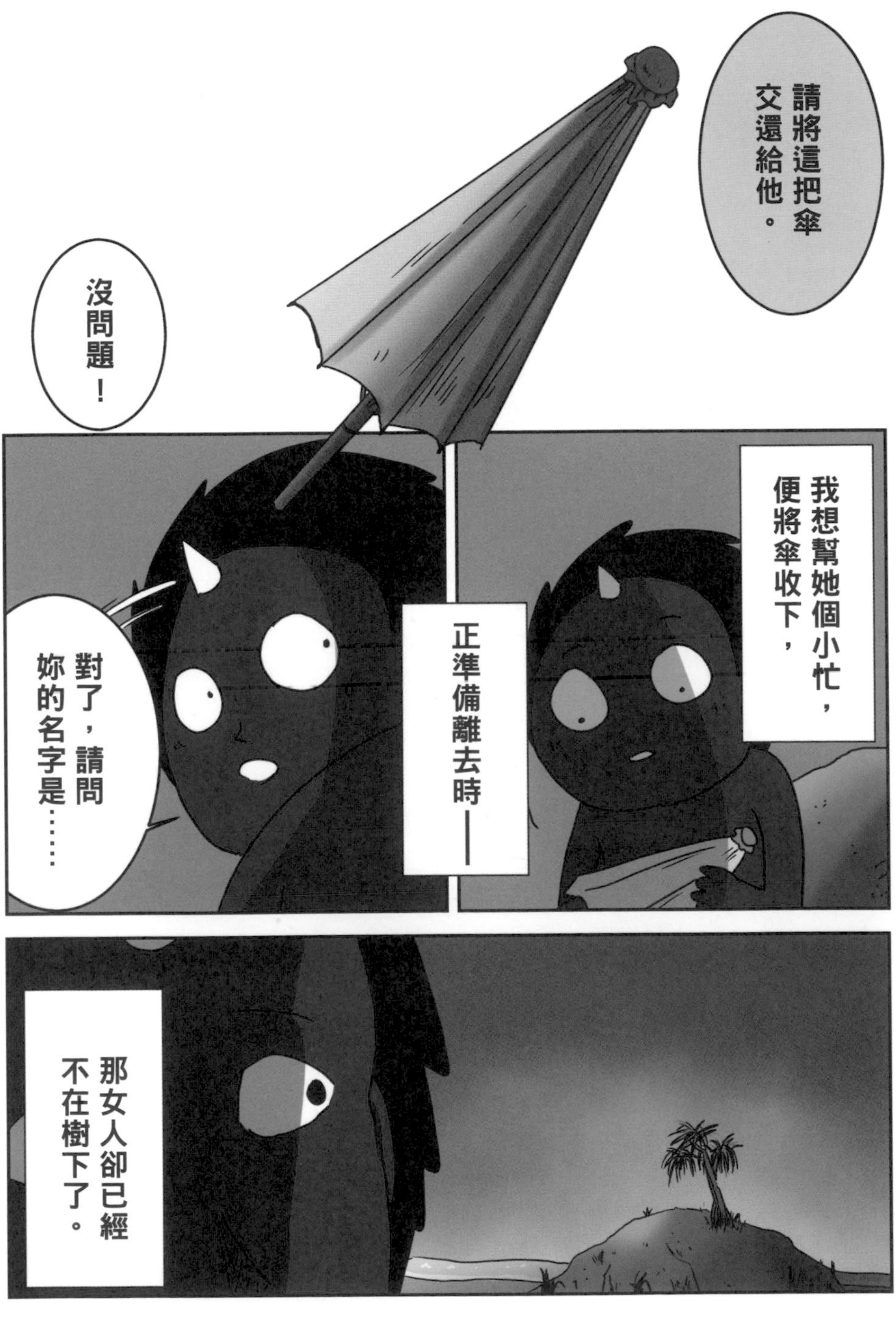
請將這把傘交還給他。
沒問題！
我想幫她個小忙，便將傘收下，
正準備離去時——
對了，請問妳的名字是……
那女人卻已經不在樹下了。

叮咚！
來了！
是阿慢啊，請問有什麼事嗎？
哈哈，也沒什麼事情啦！
這把傘是有人託我送還給你，
沒什麼事了，我先走囉！

送還？該不會是以前那個蠢女人的吧？
感覺破破爛爛的，
打開來看看吧……
唰！

我終於找到你了……
你這負心漢……

哇啊啊啊啊！
後來我才知道，
那個被人拋棄的女人，
早就在林投樹下
上吊自盡了，
而拋棄她的那個男人，
也不知道什麼原因，
在自家裡
離奇死亡。

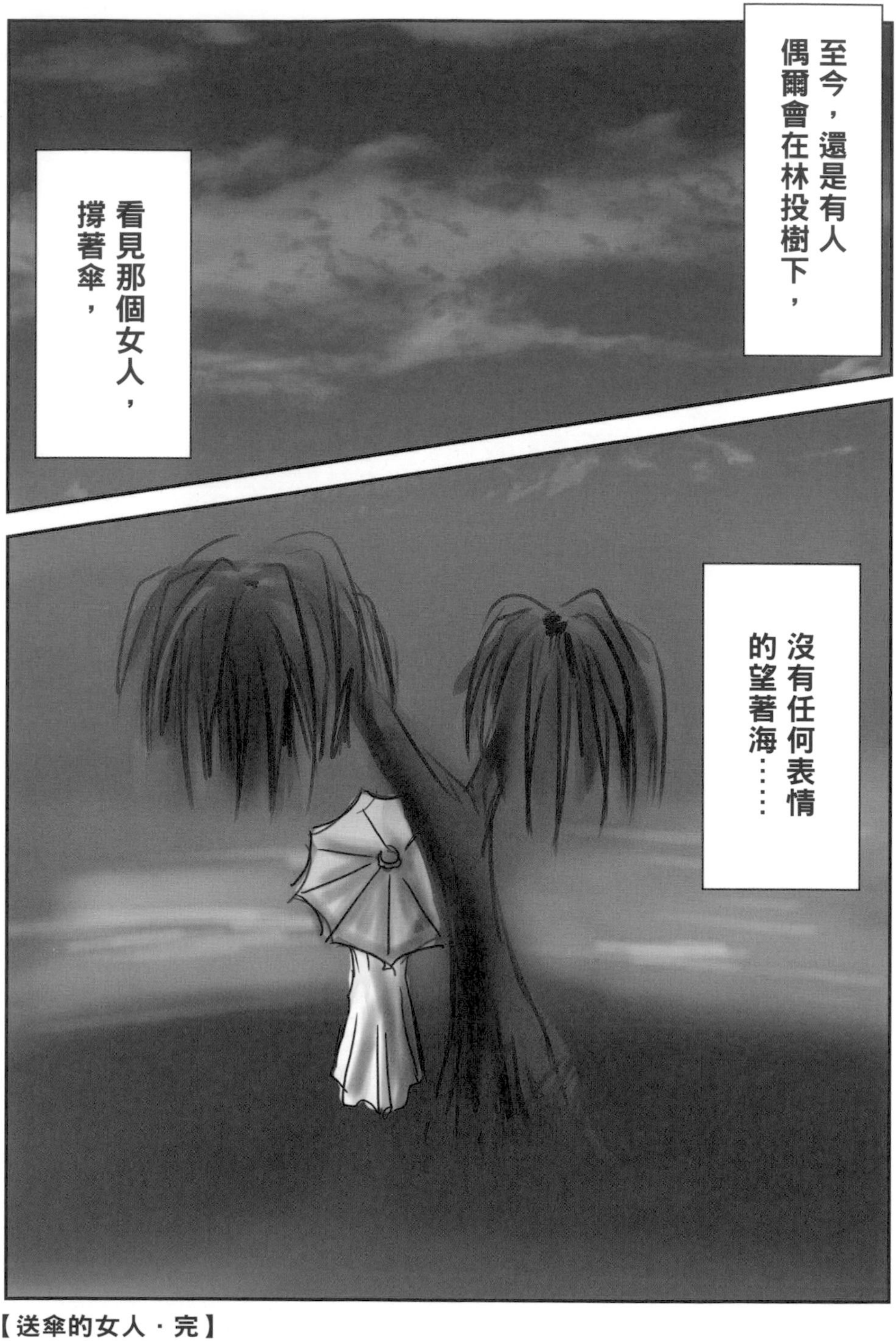
至今，還是有人
偶爾會在林投樹下，
看見那個女人，
撐著傘，
沒有任何表情
的望著海……

【送傘的女人・完】

林投姐
被負心漢騙財騙色、始亂終棄，
憤而上吊身亡，
化為在林投樹下遊蕩的幽靈，
是於臺南一帶流傳甚廣的民間故事。

半夜狂奔的車

不要買了新車就一直往外跑啦！
哥，你不懂啦！我是在追求男人的浪漫！
好啦、好啦，反正安全第一，
不要開太快哦！
哼哼，告訴你，
今天的我，
沒有極限！

先生，不好意思，
你超過速限囉！
行照、駕照請拿出來！
下次請依規定速限行駛哦～
好的，警察大人您辛苦了！

唉～沒想到會被攔查，
這樣我要到哪去尋求男人的浪漫呢？
市區 ↑
山 →
跑山路啊……
現在想想，那或許是我最錯誤的選擇……

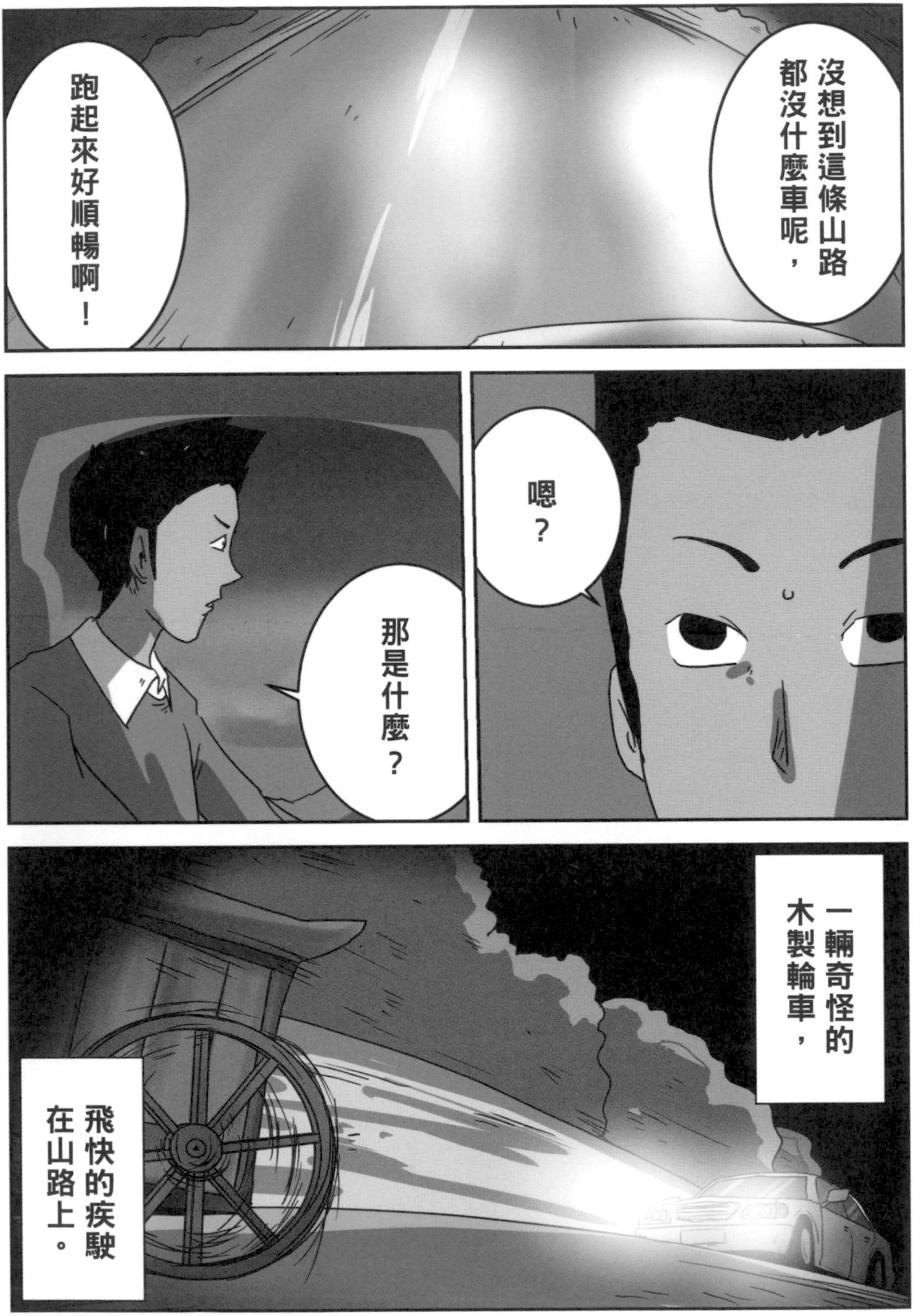
沒想到這條山路都沒什麼車呢，
跑起來好順暢啊！
嗯？
那是什麼？
一輛奇怪的木製輪車，
飛快的疾駛在山路上。

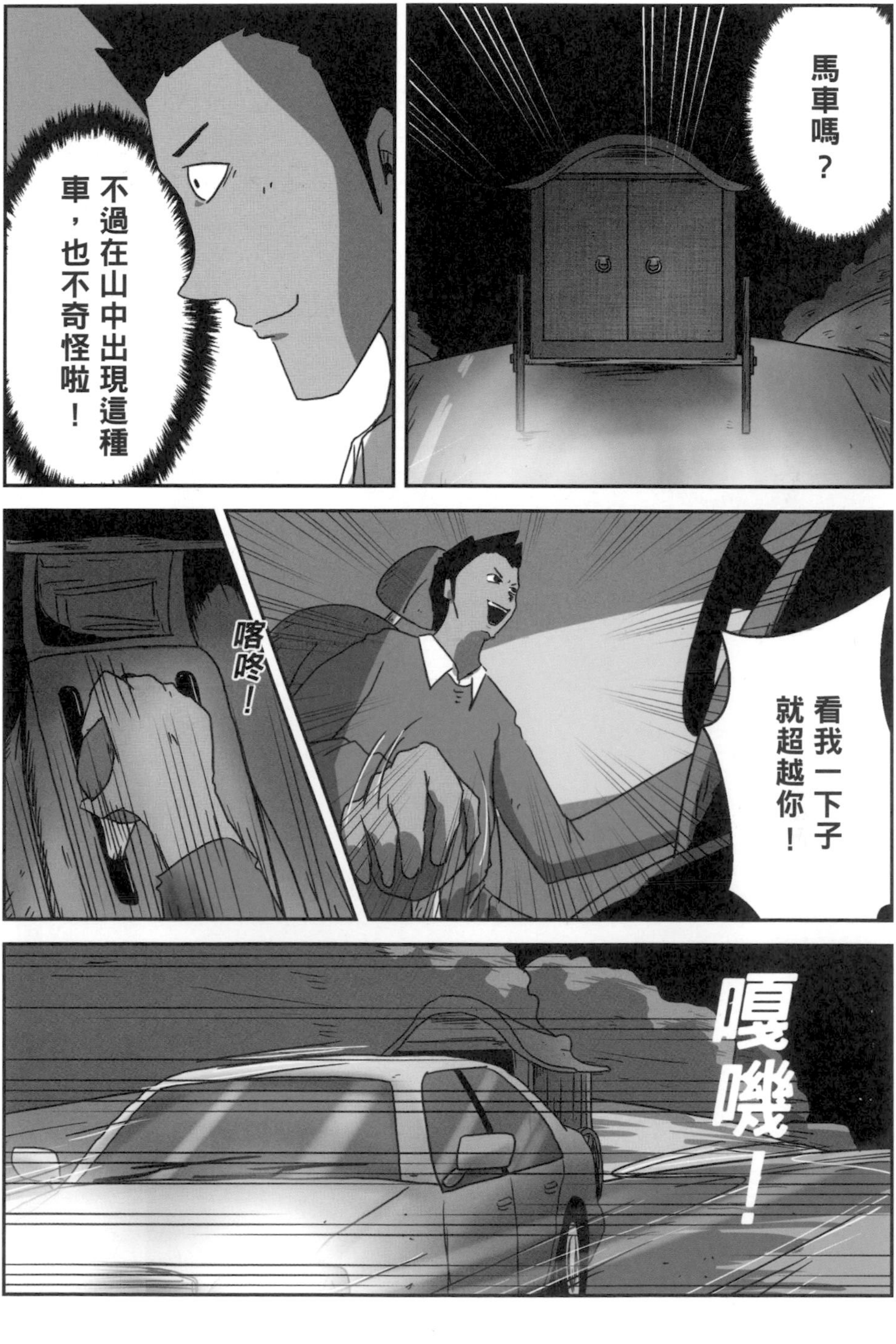
馬車嗎？
不過在山中出現這種車，也不奇怪啦！
看我一下子就超越你！
喀咚！
嘎嘰！

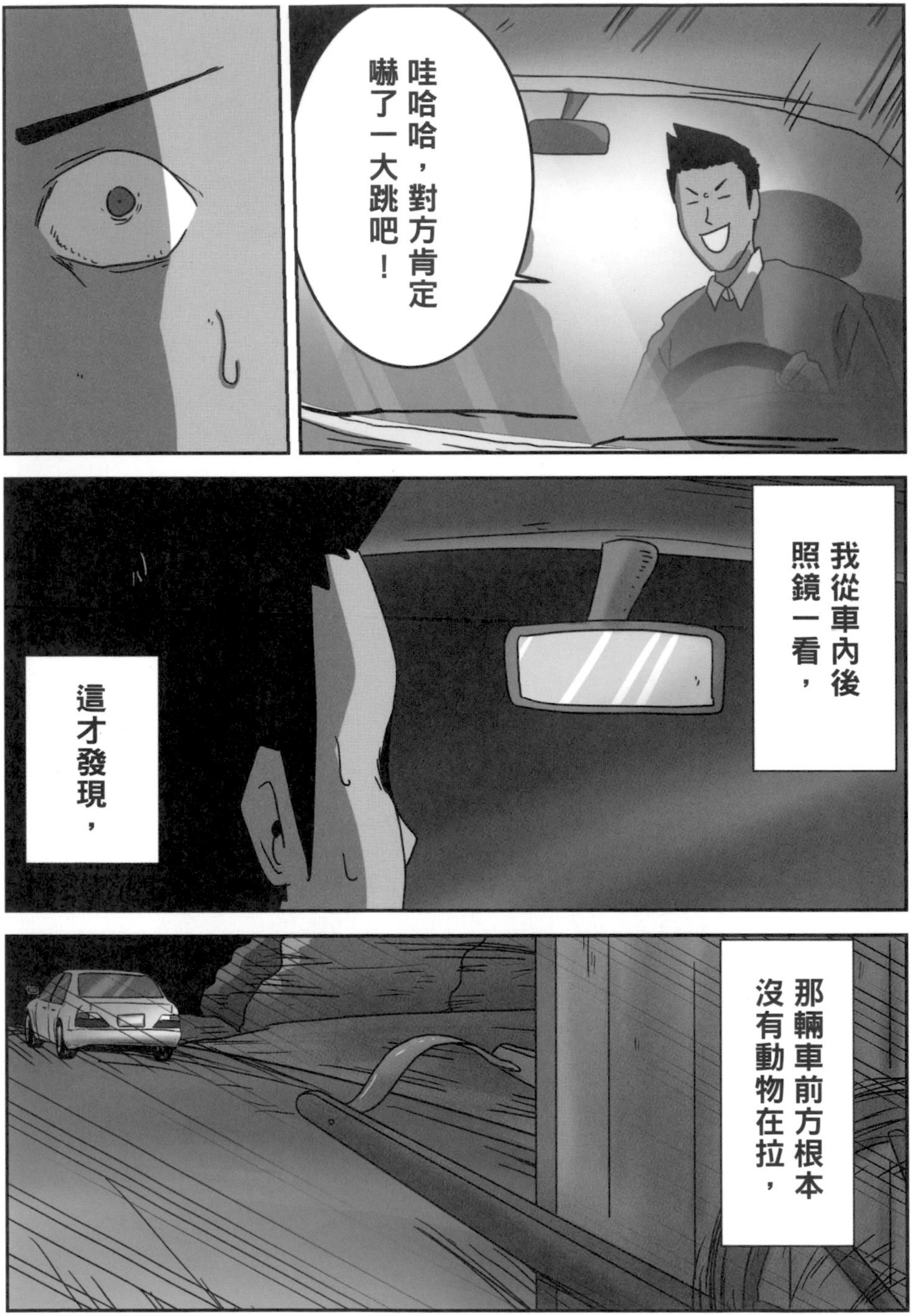
哇哈哈，對方肯定嚇了一大跳吧！
我從車內後照鏡一看，
這才發現，
那輛車前方根本沒有動物在拉，

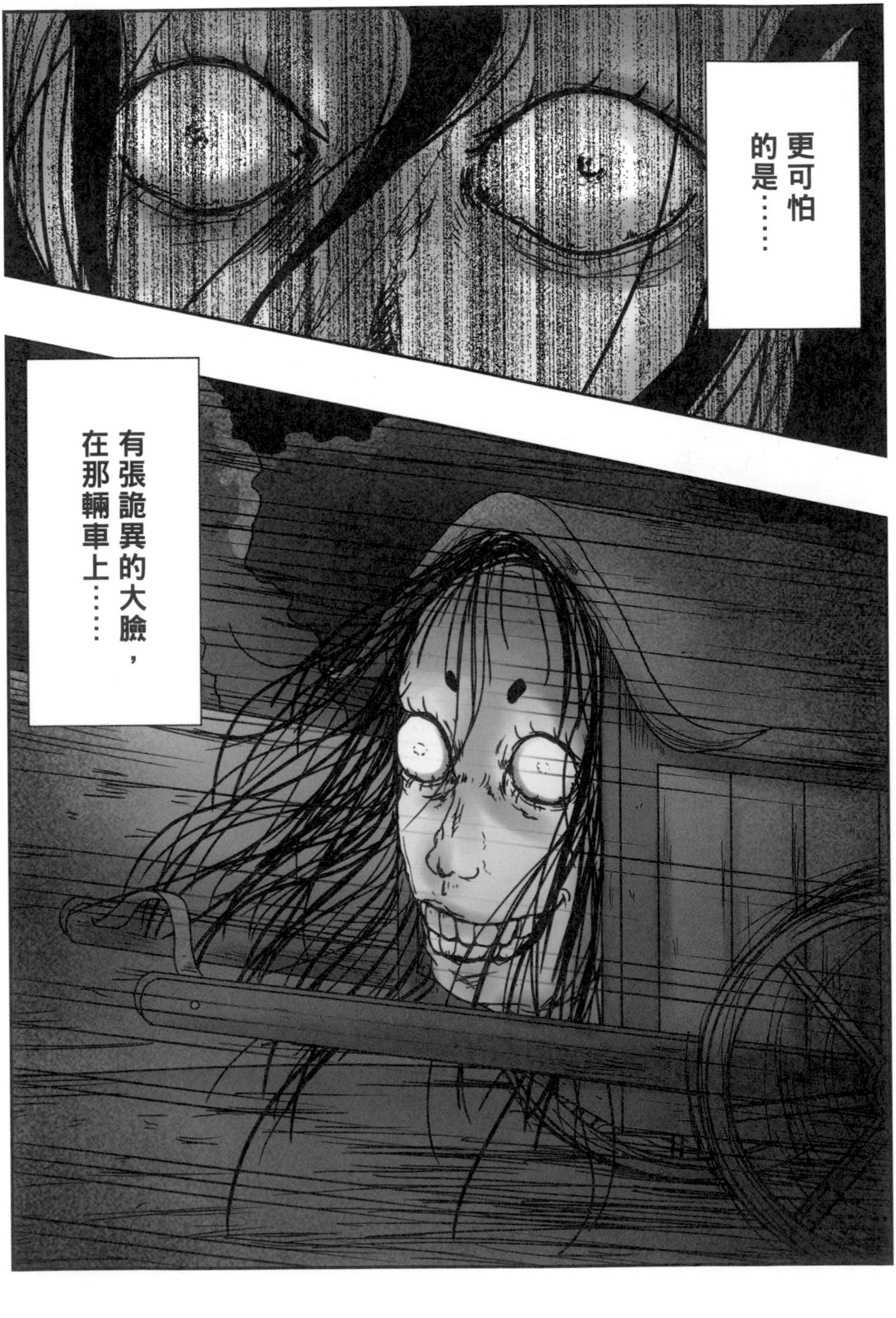
更可怕的是……
有張詭異的大臉，在那輛車上……

哇啊啊啊！
我嚇得加足馬力，立刻全速前進！
但是那輛車，速度快得驚人，
我完全甩不開他！
什……什麼？

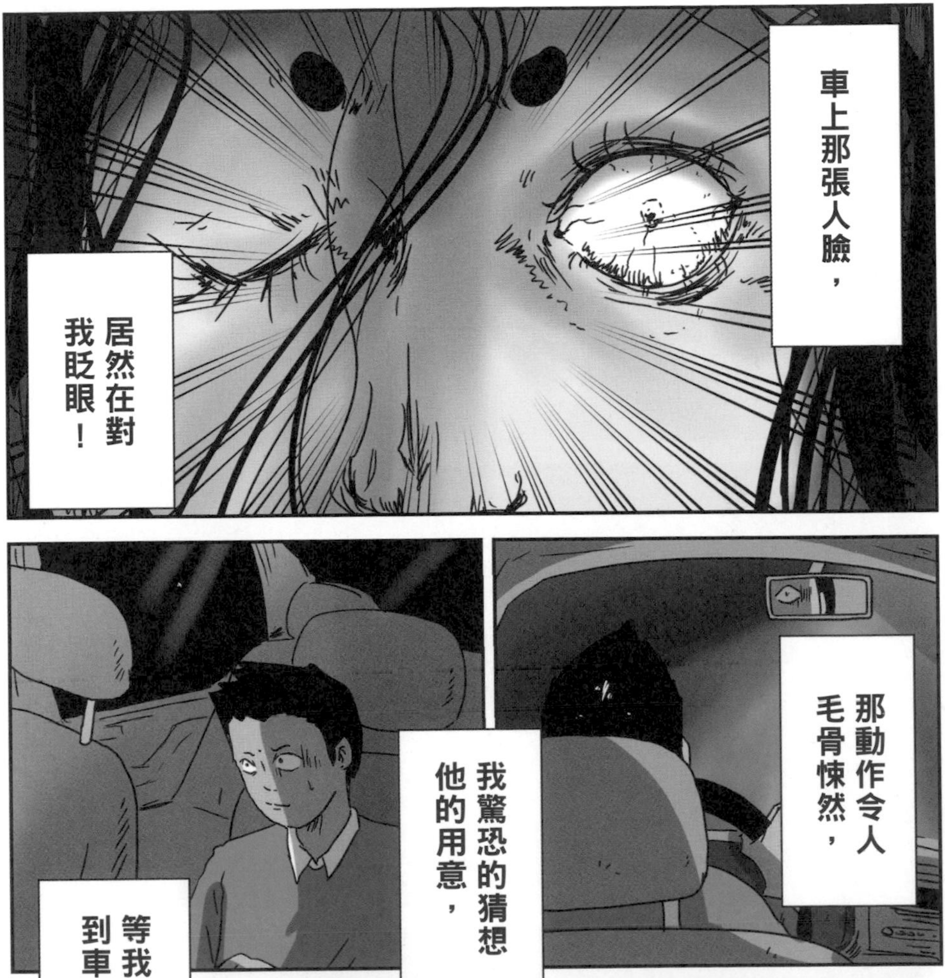
車上那張人臉，
居然在對我眨眼！
那動作令人毛骨悚然，
我驚恐的猜想他的用意，
等我注意力回到車子前方時……
!?

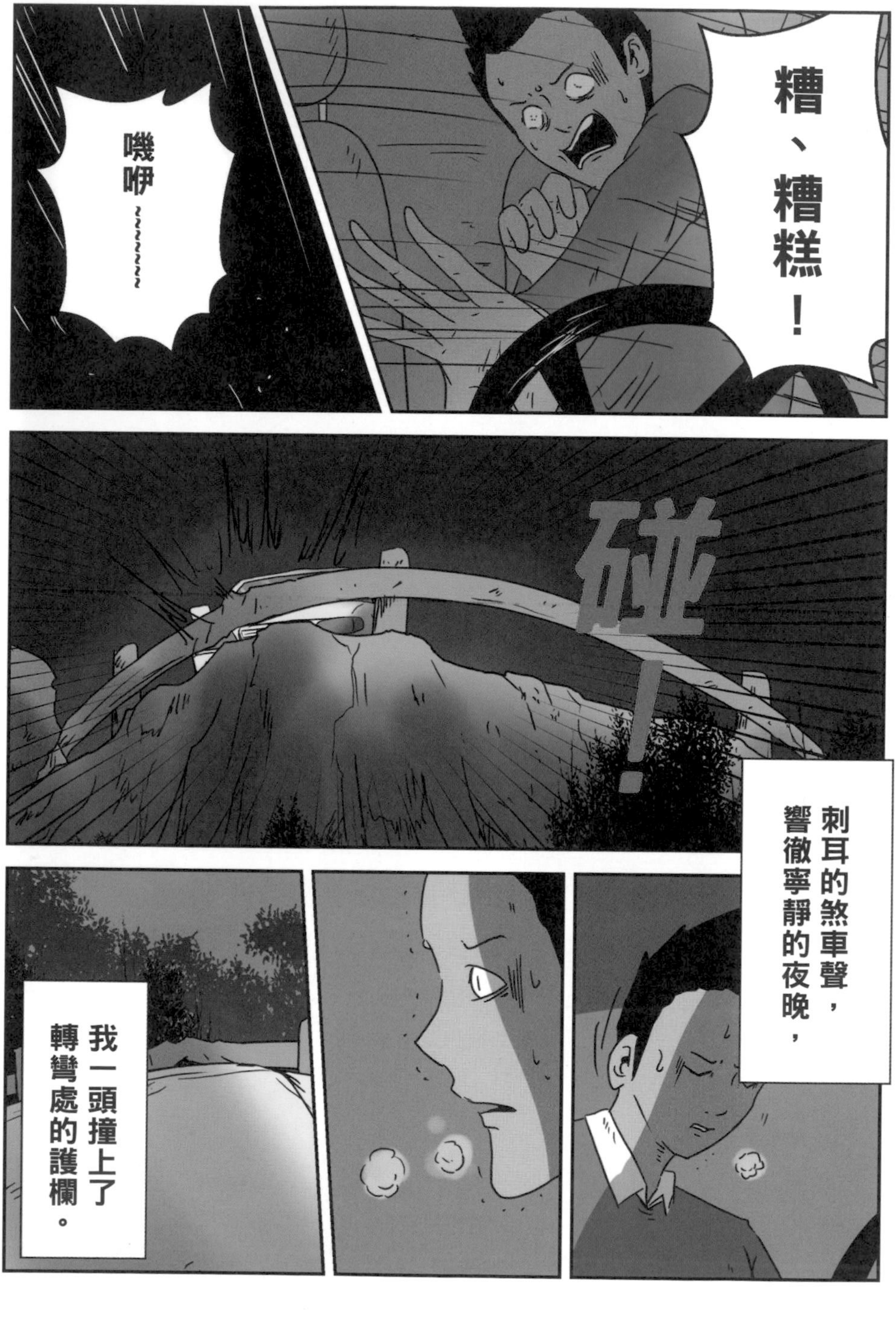
糟、糟糕！
嘰咿～～～～～～
碰！
刺耳的煞車聲，響徹寧靜的夜晚，
我一頭撞上了轉彎處的護欄。

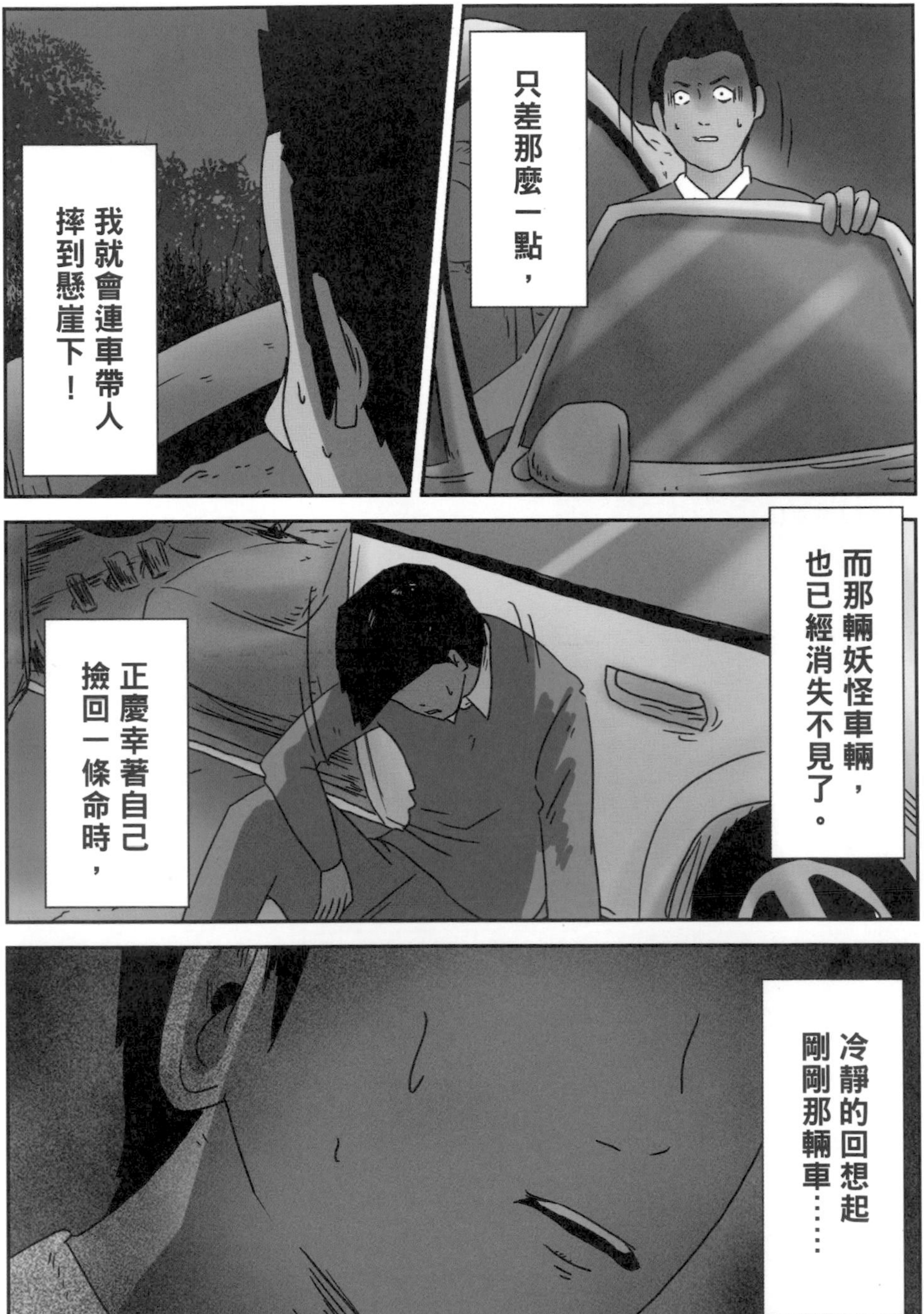
只差那麼一點，
我就會連車帶人
摔到懸崖下！
而那輛妖怪車輛，
也已經消失不見了。
正慶幸著自己
撿回一條命時，
冷靜的回想起
剛剛那輛車……

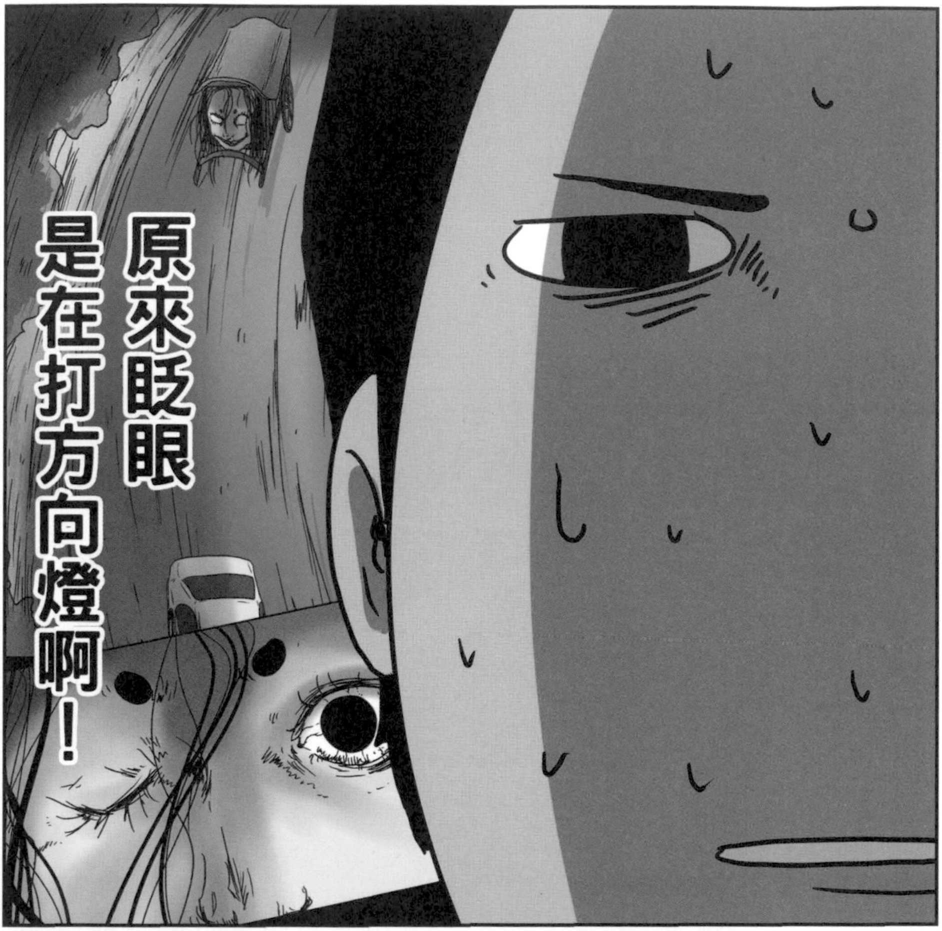
原來眨眼
是在打方向燈啊！

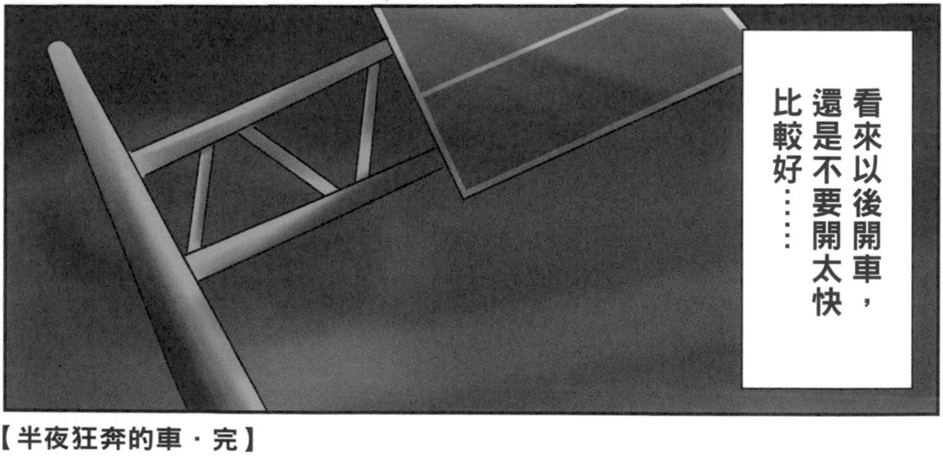
看來以後開車，
還是不要開太快
比較好……

【半夜狂奔的車·完】

朧車

每當朦朧的月夜，便會在日本京都街上狂奔的車。
外型像牛車，前方卻有一張詭異的人臉，
但並不會傷害人類。

長頭的男人

這是我曾經遇過的詭異經歷。
當時為了工作方便，我在公司附近租了一間套房。
終於回到家了！
每天都要爬七層樓梯，真是要命啊……

房間內的擺設十分簡單，
不過有時候，總覺得有人在盯著我看。
還是早點洗澡，趕快來睡吧！
窸窸窣窣……
窸窸窣窣……

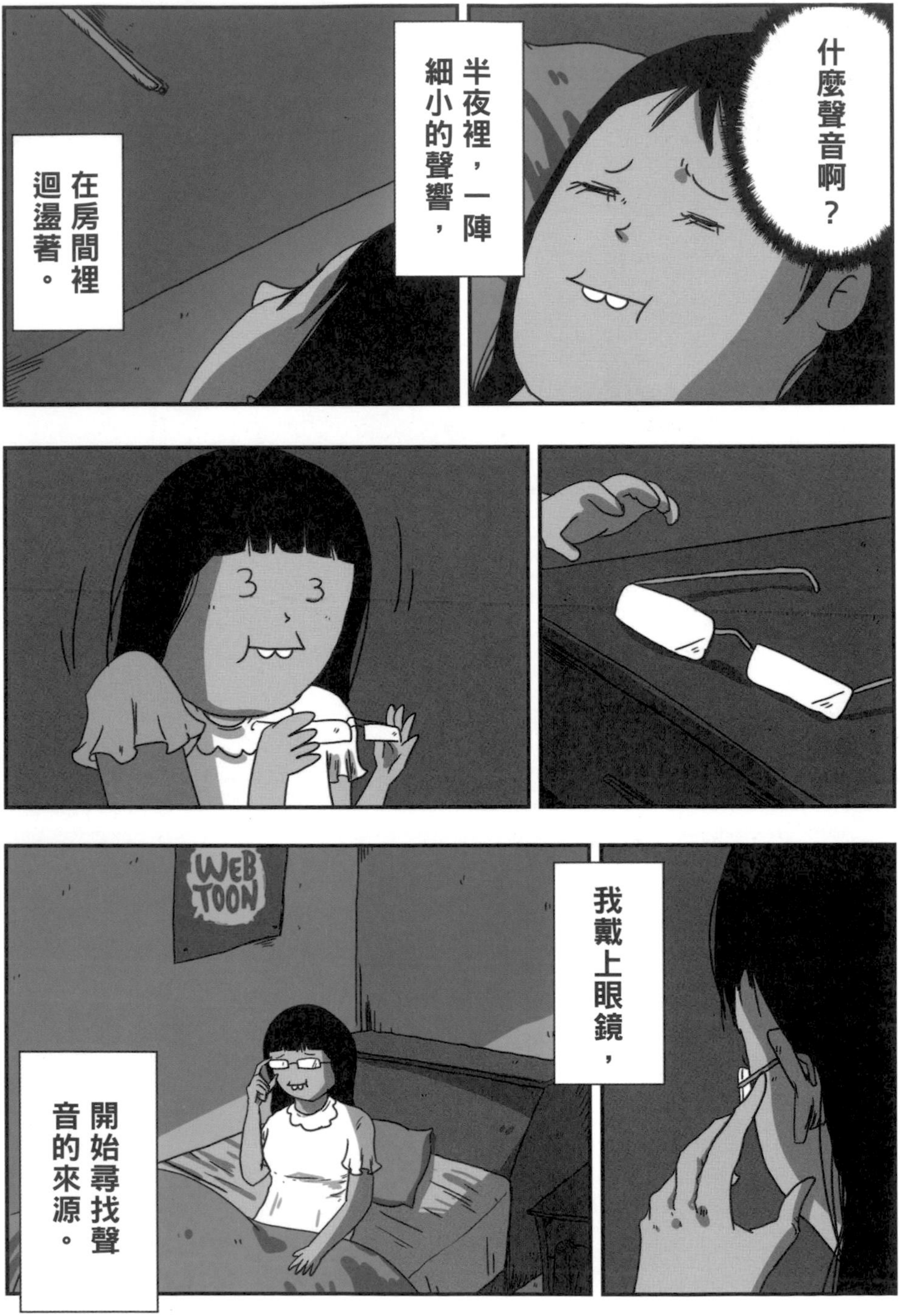
什麼聲音啊？
半夜裡，一陣細小的聲響，
在房間裡迴盪著。
我戴上眼鏡，
WEB TOON
開始尋找聲音的來源。

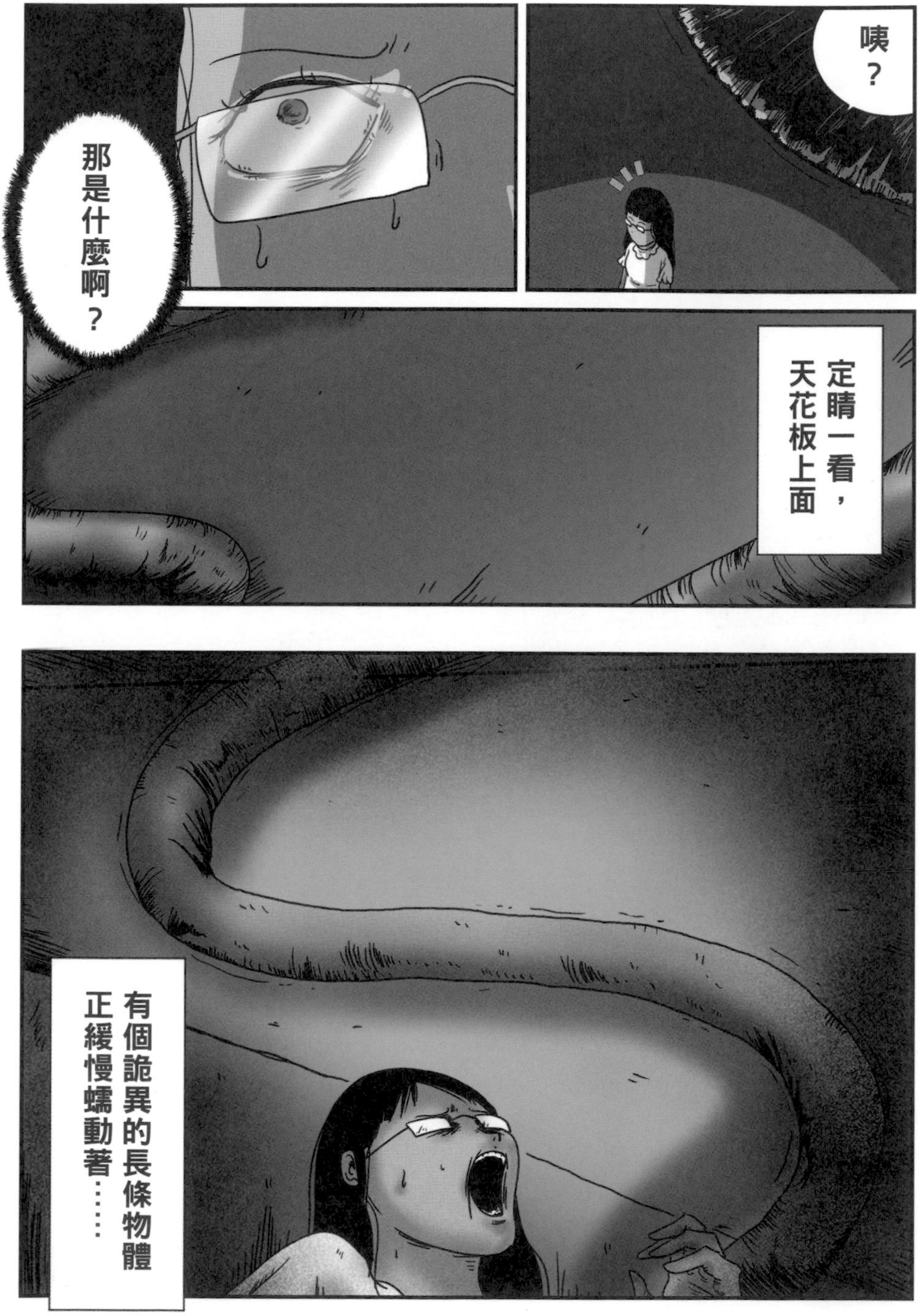
咦？
那是什麼啊？
定睛一看，天花板上面
有個詭異的長條物體正緩慢蠕動著……

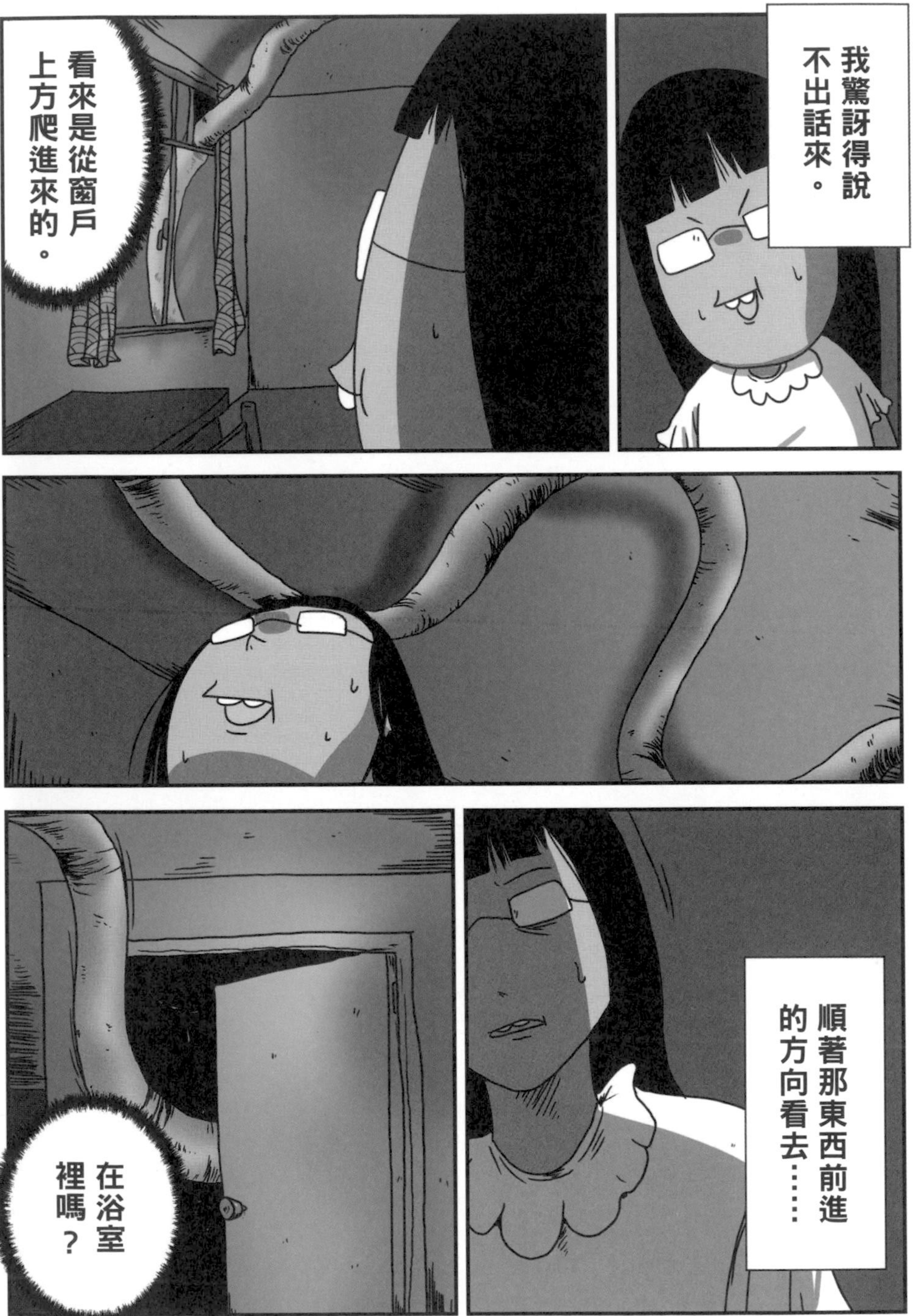
我驚訝得說不出話來。
看來是從窗戶上方爬進來的。
順著那東西前進的方向看去……
在浴室裡嗎？

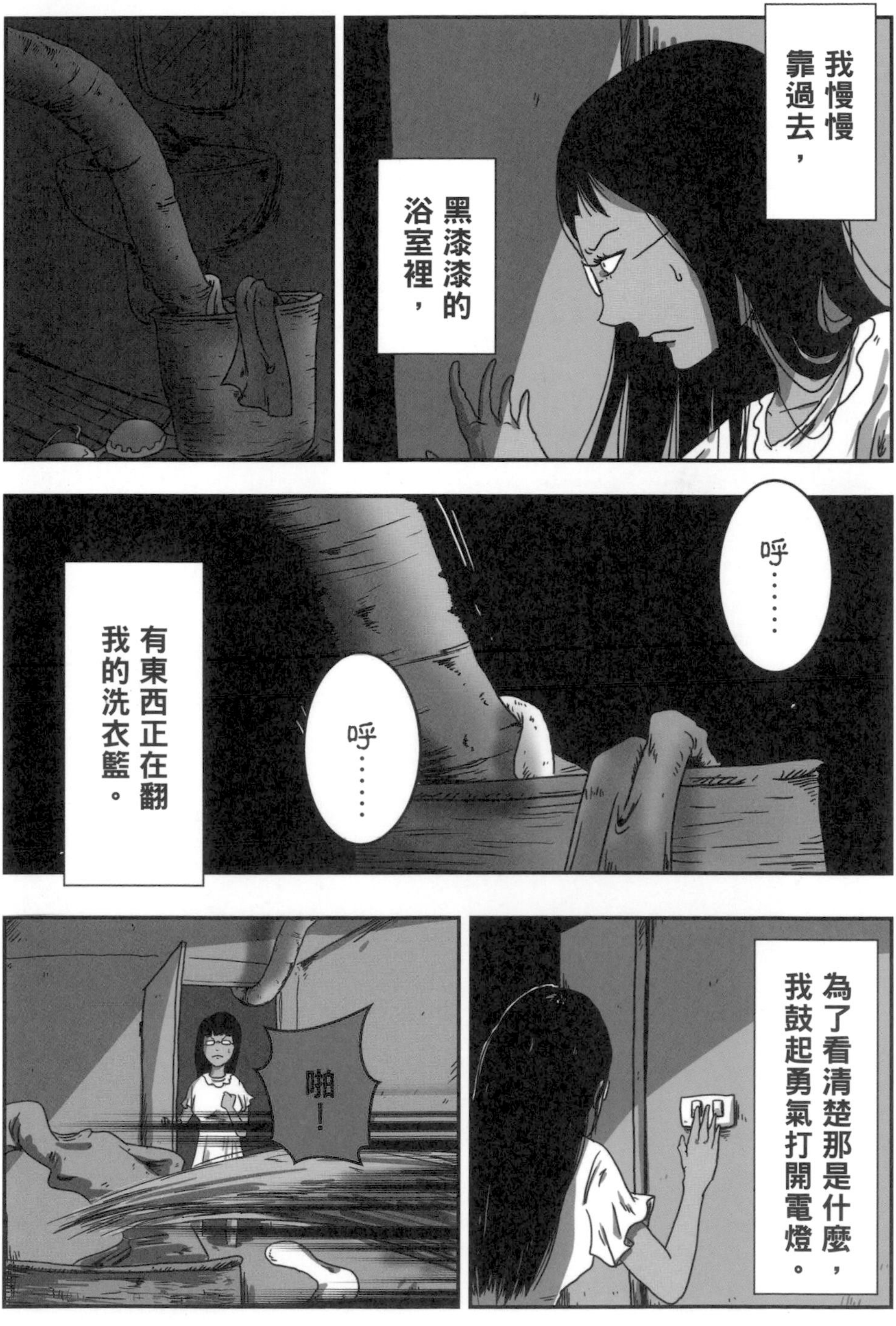
我慢慢靠過去，
黑漆漆的浴室裡，
呼……
呼……
有東西正在翻我的洗衣籃。
為了看清楚那是什麼，我鼓起勇氣打開電燈。
啪！

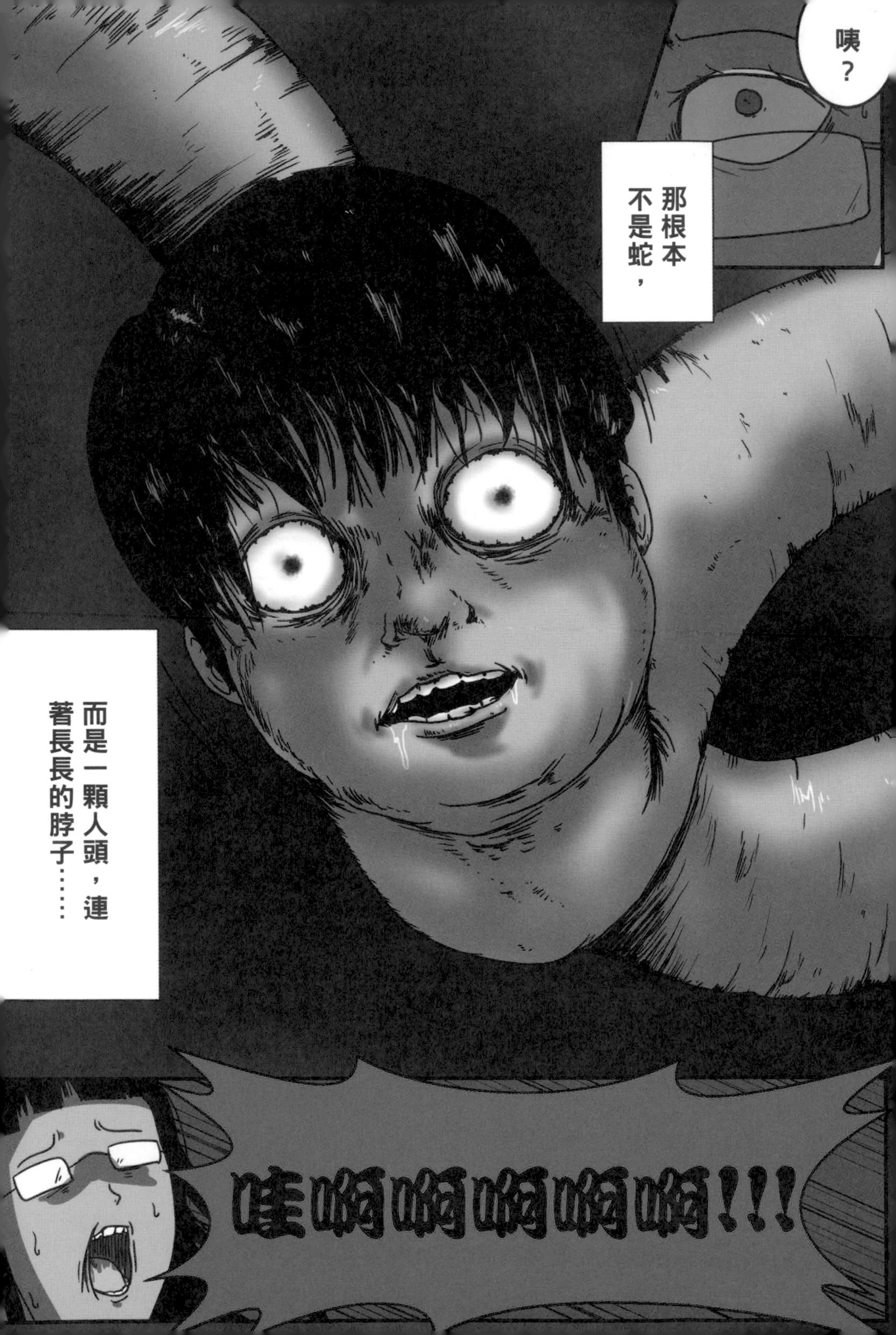
咦？
那根本不是蛇，
而是一顆人頭，連著長長的脖子……
哇啊啊啊啊啊！！！

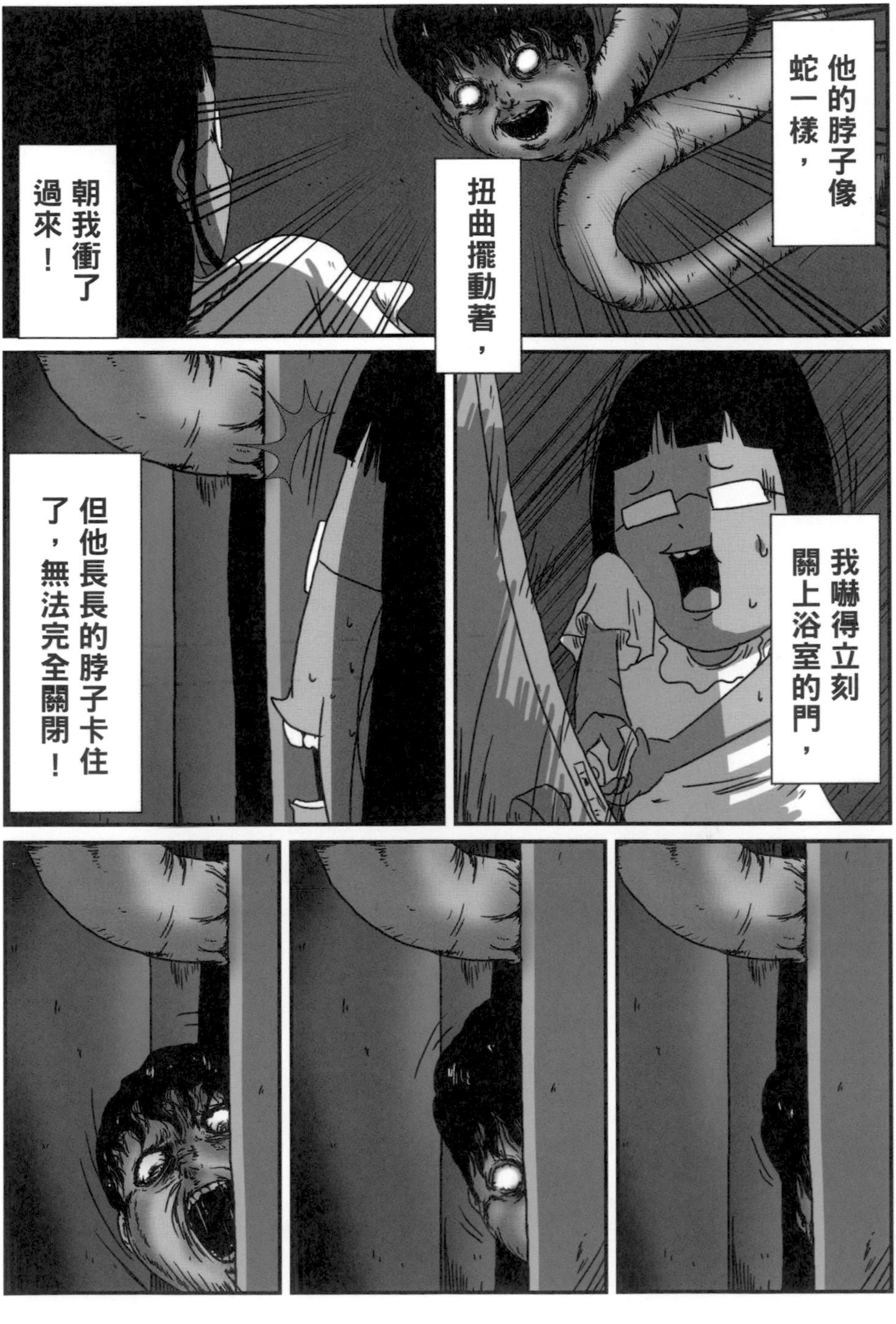
他的脖子像蛇一樣，
扭曲擺動著，
朝我衝了過來！
我嚇得立刻關上浴室的門，
但他長長的脖子卡住了，無法完全關閉！

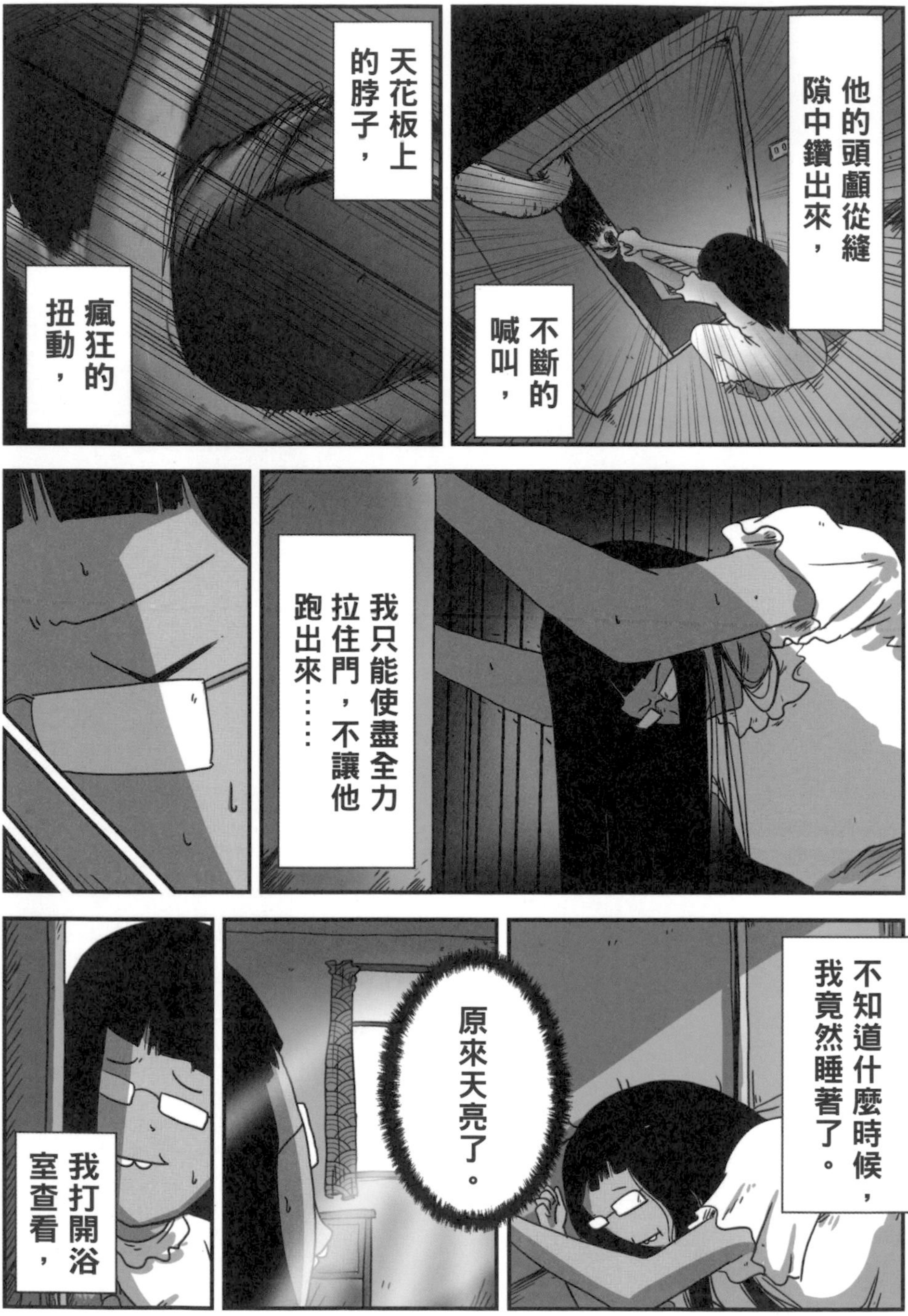
他的頭顱從縫隙中鑽出來，
不斷的喊叫，
天花板上的脖子，
瘋狂的扭動，
我只能使盡全力拉住門，不讓他跑出來……
不知道什麼時候，我竟然睡著了。
原來天亮了。
我打開浴室查看，

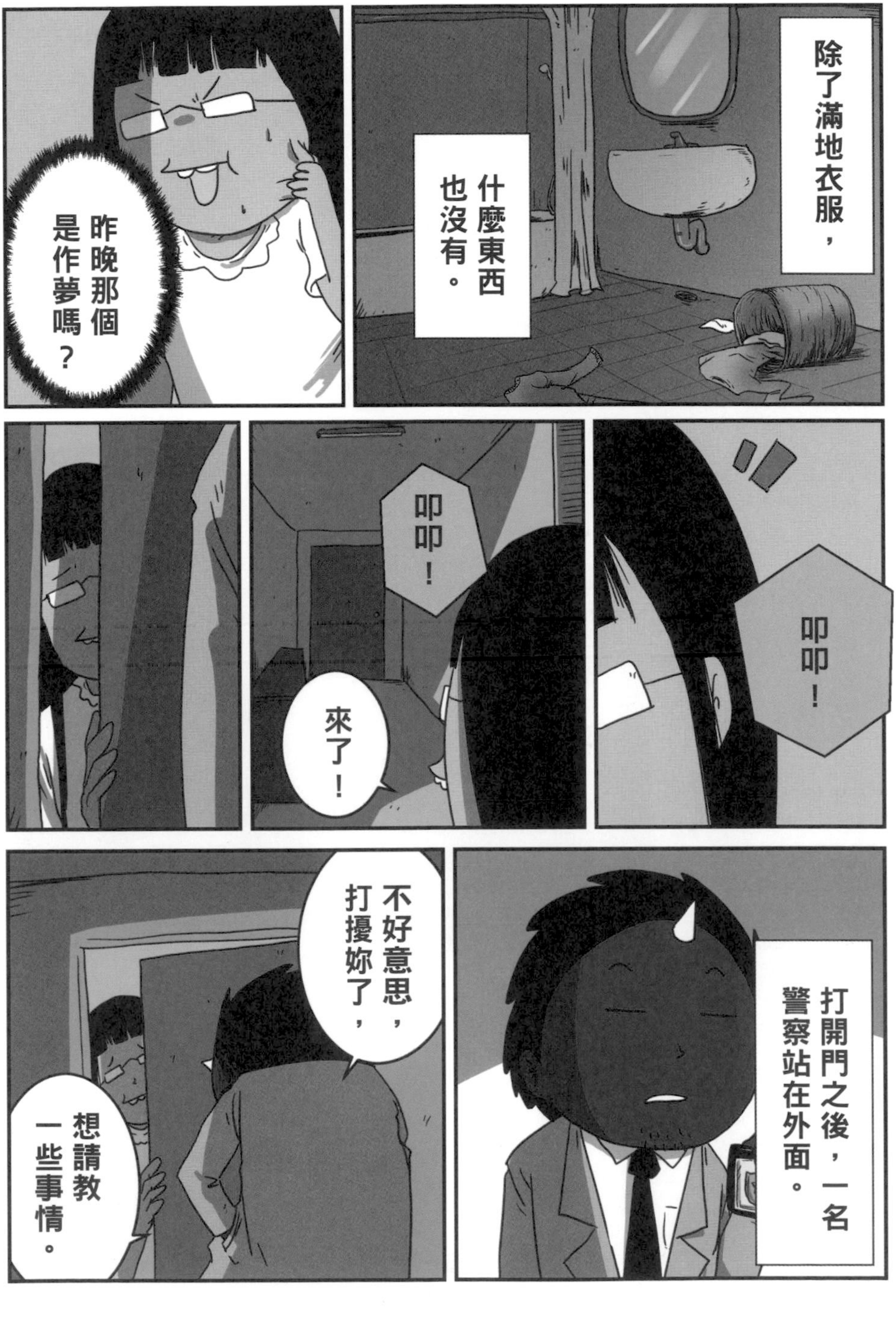
除了滿地衣服，
什麼東西也沒有。
昨晚那個是作夢嗎？
叩叩！
叩叩！
來了！
打開門之後，一名警察站在外面。
不好意思，打擾妳了，
想請教一些事情。

請問妳——
認識這個人嗎？
其實他是妳樓下的鄰居，
今早被發現陳屍在自己家中，
咦？
昨晚是否有聽到什麼……
我腦袋一片空白，聽不到刑警的問話。

原來那個男人是個內衣小偷，
被發現躺在堆滿女生內衣褲的床上，
死因是窒息而亡。
是因為我的關係，才導致他的死亡嗎？
我不清楚，
畢竟，
這種事情，說了有誰會相信呢……

【長頸的男人・完】

轆轤首

日本的一種長頸妖怪，脖子伸縮自如，
很像在井邊打水時用來控制吊桶的轆轤把。
據說有些人並不知道自己是轆轤首，
睡著後才會無意識顯出真面目、到處遊蕩。

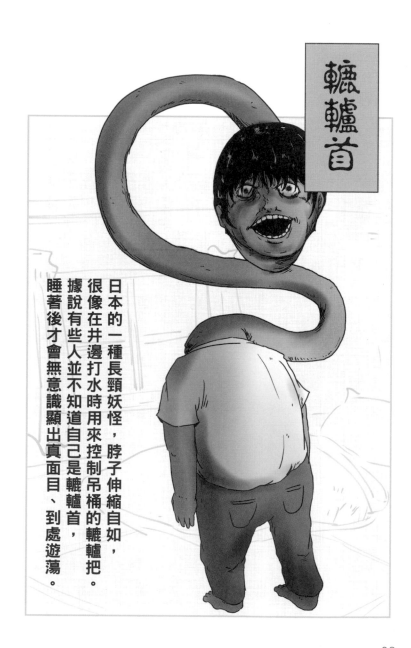

讓我去你家玩

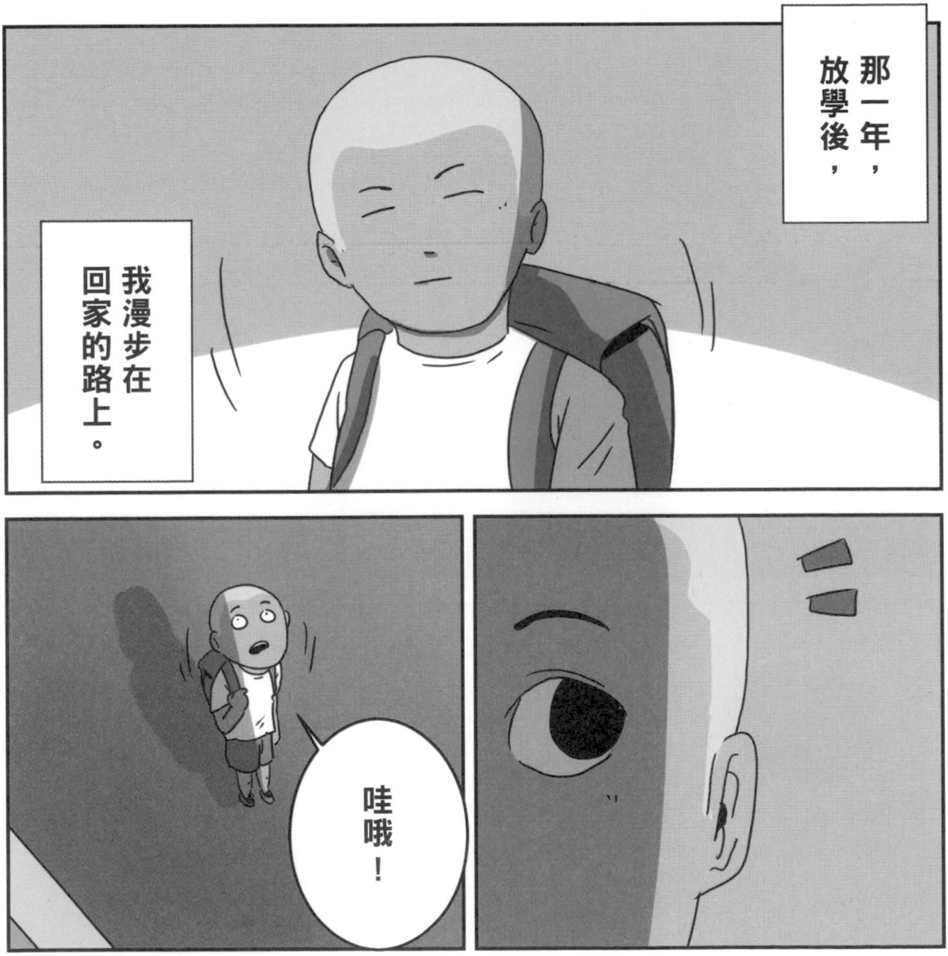

好氣派的家哦！
真希望有天也可以住在這種房子！
田中
碰！
碰！

在這棟房子前面，有一個小女孩，
正獨自拍著球。
小妹妹，已經很晚囉！
妳住在哪裡啊？快點回家吧！

大哥哥，
我可以去你家玩嗎？
啊？
我原本是住在這邊的守護神，
不過我開始覺得無聊了……
能不能讓我去你家玩呢？

我可以帶來很多很多幸福哦~
守護神？不要亂開玩笑啦……
嗨，怎麼還沒回去啊？
是阿慢啊，沒有啦，
我在跟這個奇怪的小女孩聊天。
……什麼小女孩啊？

怎麼回事
啊……
說也奇怪，自從遇到
那個小女孩後，
爸爸我
升職加薪啦！
家裡的好事，
就一件接著一件。
媽媽我最近
又中獎啦！
我收到
情書啦！

我回想起之前小女孩說過的話。
我原本是住在這邊的守護神，
能不能讓我去你家玩呢？
我可以帶來很多很多幸福哦～
她果然是帶來幸福的守護神啊！
這個週末，全家去旅行吧！

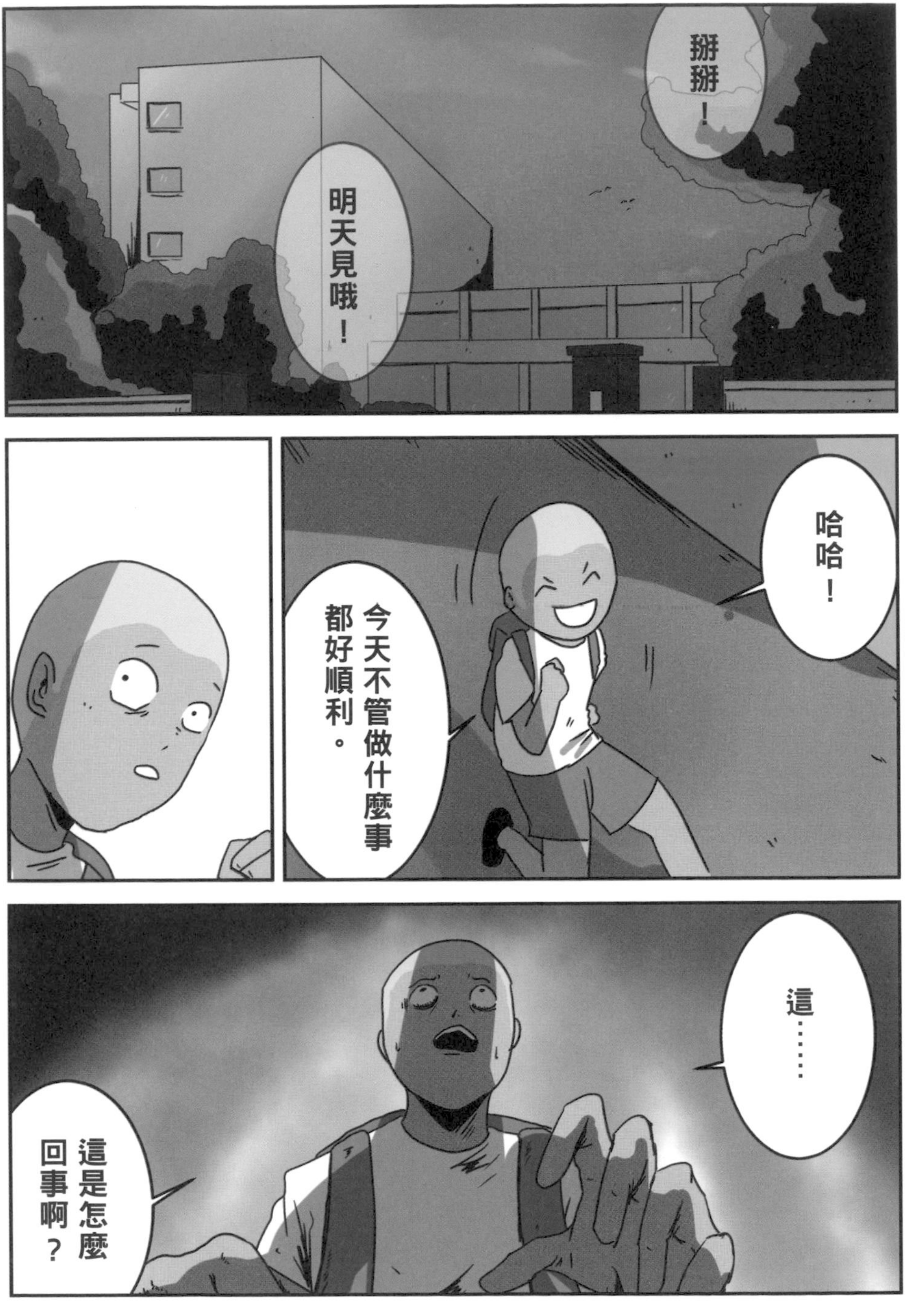
掰掰！
明天見哦！
哈哈！
今天不管做什麼事都好順利。
這……
這是怎麼回事啊？

每天放學會經過的那個氣派的家，
被燒得面目全非！
田中
喂！妳聽說了嗎？
田中家的先生，公司突然倒閉，
好像欠了一大筆債，還不出來，
所以選擇自殺，還放火燒了整棟房子呢！

怎麼會這樣！
不過我開始覺得無聊了……
能不能讓我去你家玩呢？
難道說守護神離開，會發生不好的事嗎？
回到家後，我立刻直奔電腦桌前，

有了！
帶來幸福 守護神 小孩
搜尋
座敷童子，是住在家宅和倉庫裡的神。
傳說會為見到祂的人帶來幸運，有座敷童子在的家庭會很富足。

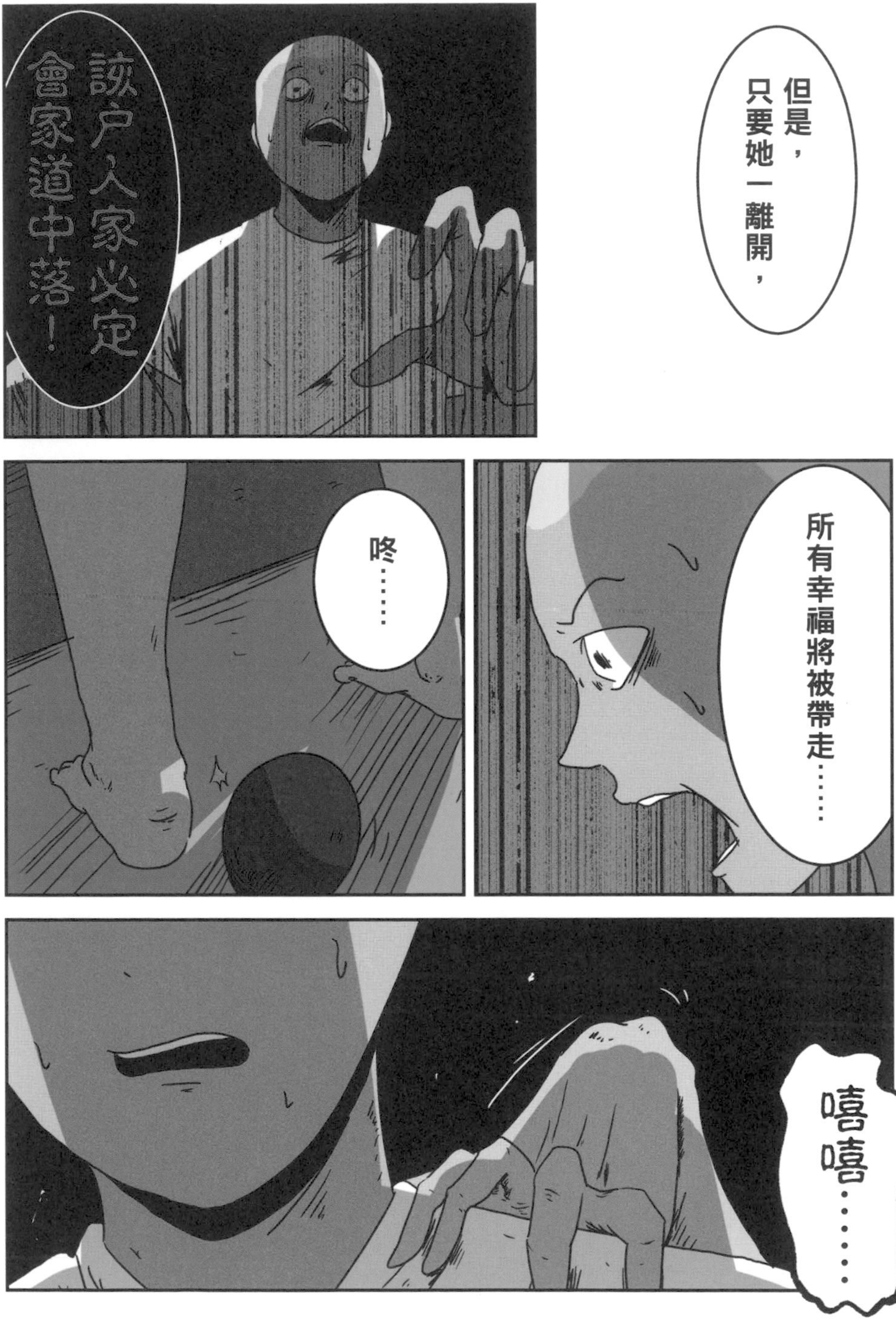
但是，
只要她一離開，
該戶人家必定
會家道中落！
所有幸福將被帶走……
咚……
嘻嘻……

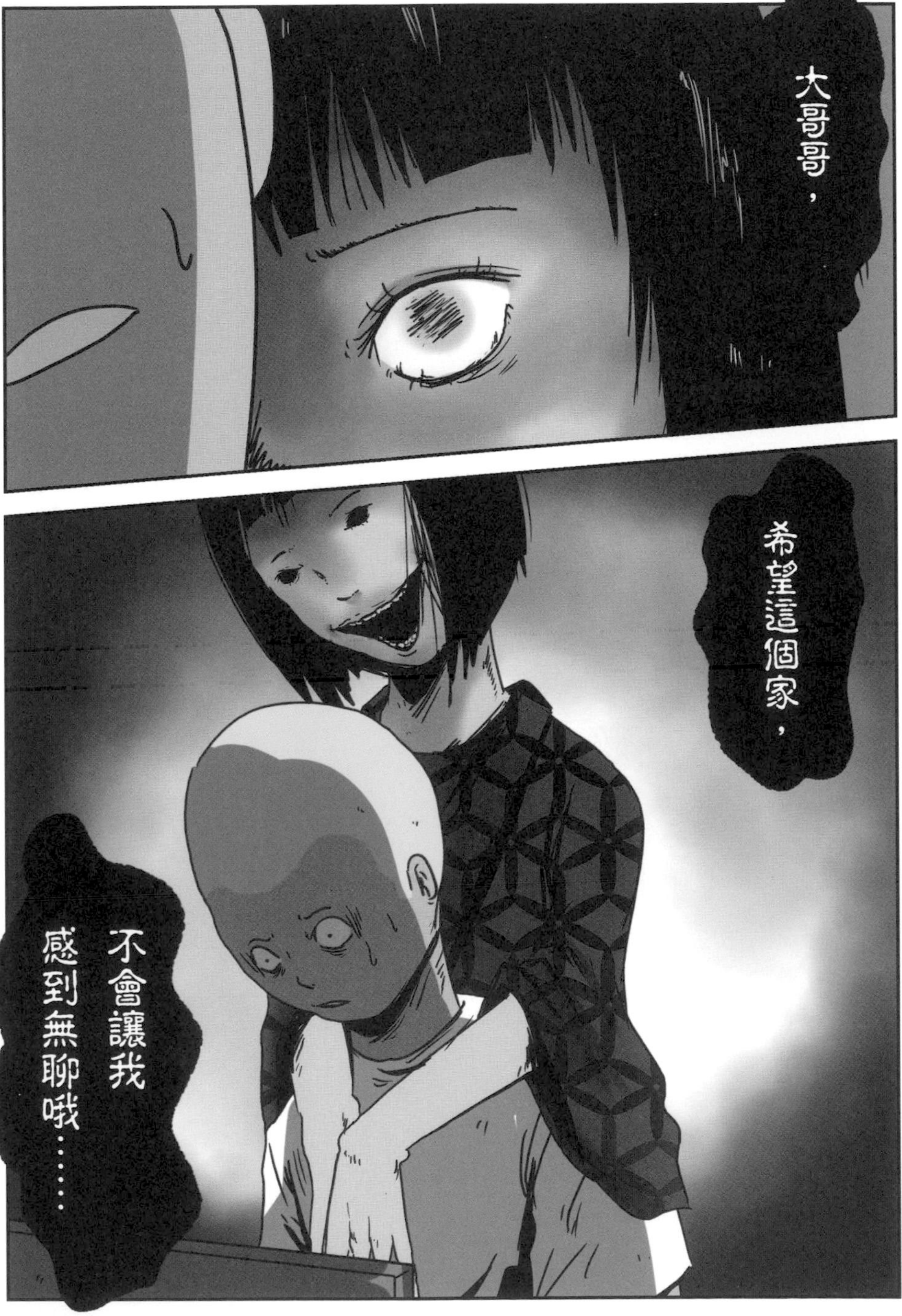

【讓我去你家玩・完】

座敷童子

日本東北一帶的守護神，
住在家宅和倉庫裡。
大多以小孩的模樣現身，
通常也只有小孩看得見祂。
見到座敷童子的人會得到好運，
也是掌管家庭興衰的守護神，

尋找

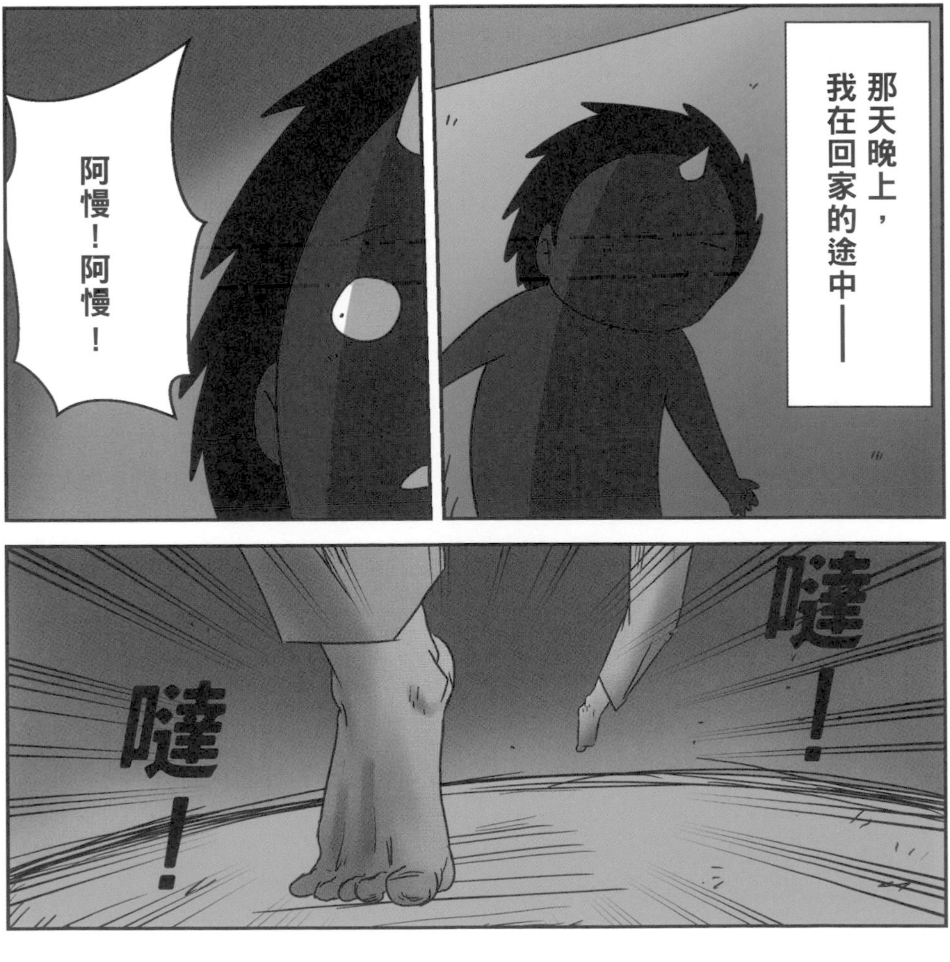

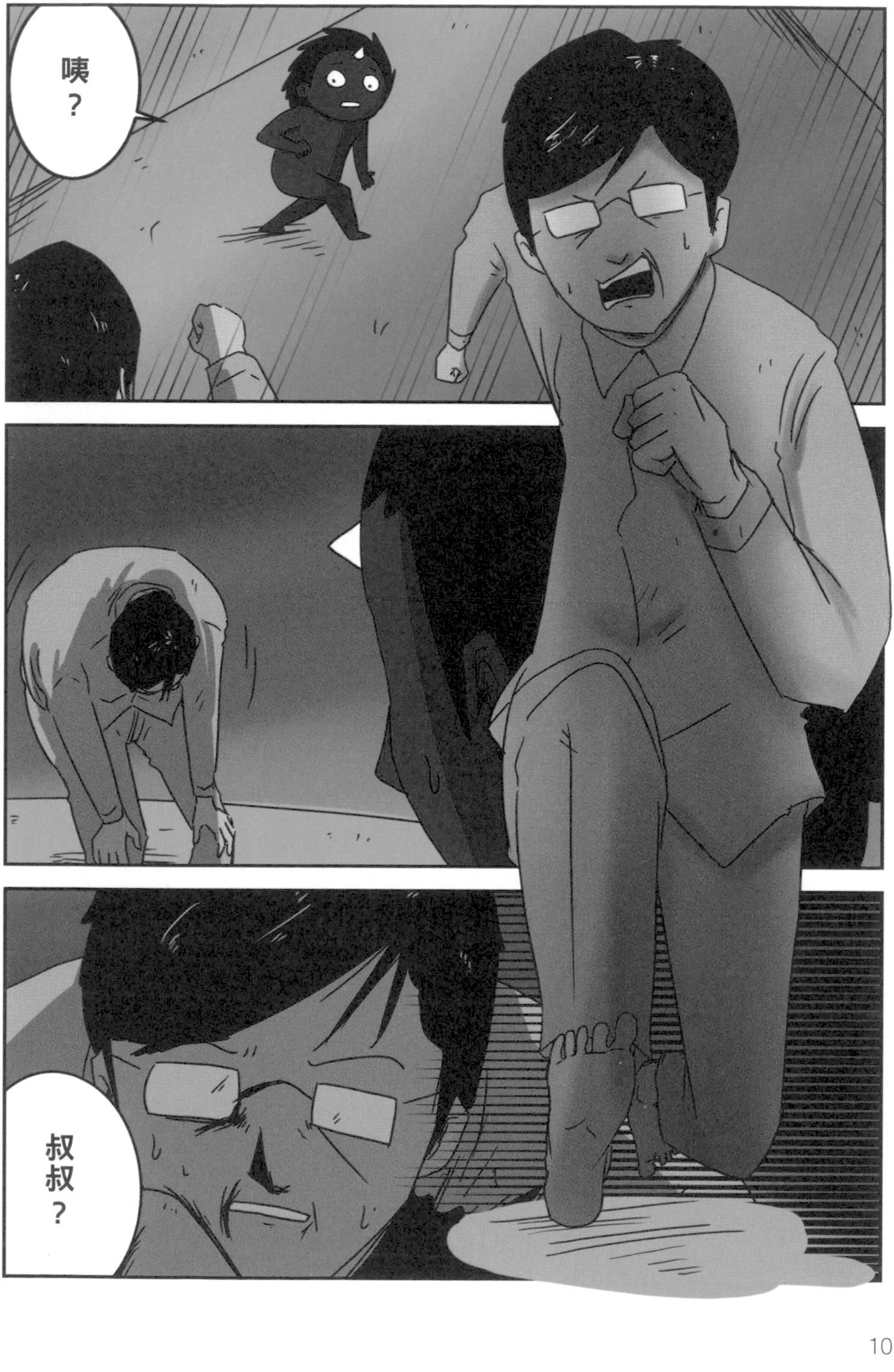
咦？
叔叔？

救救我……
他是住家裡附近的叔叔，
雖然不是很熟，
但也不討厭他，
因為每次過年，
紅包都給得很大方。

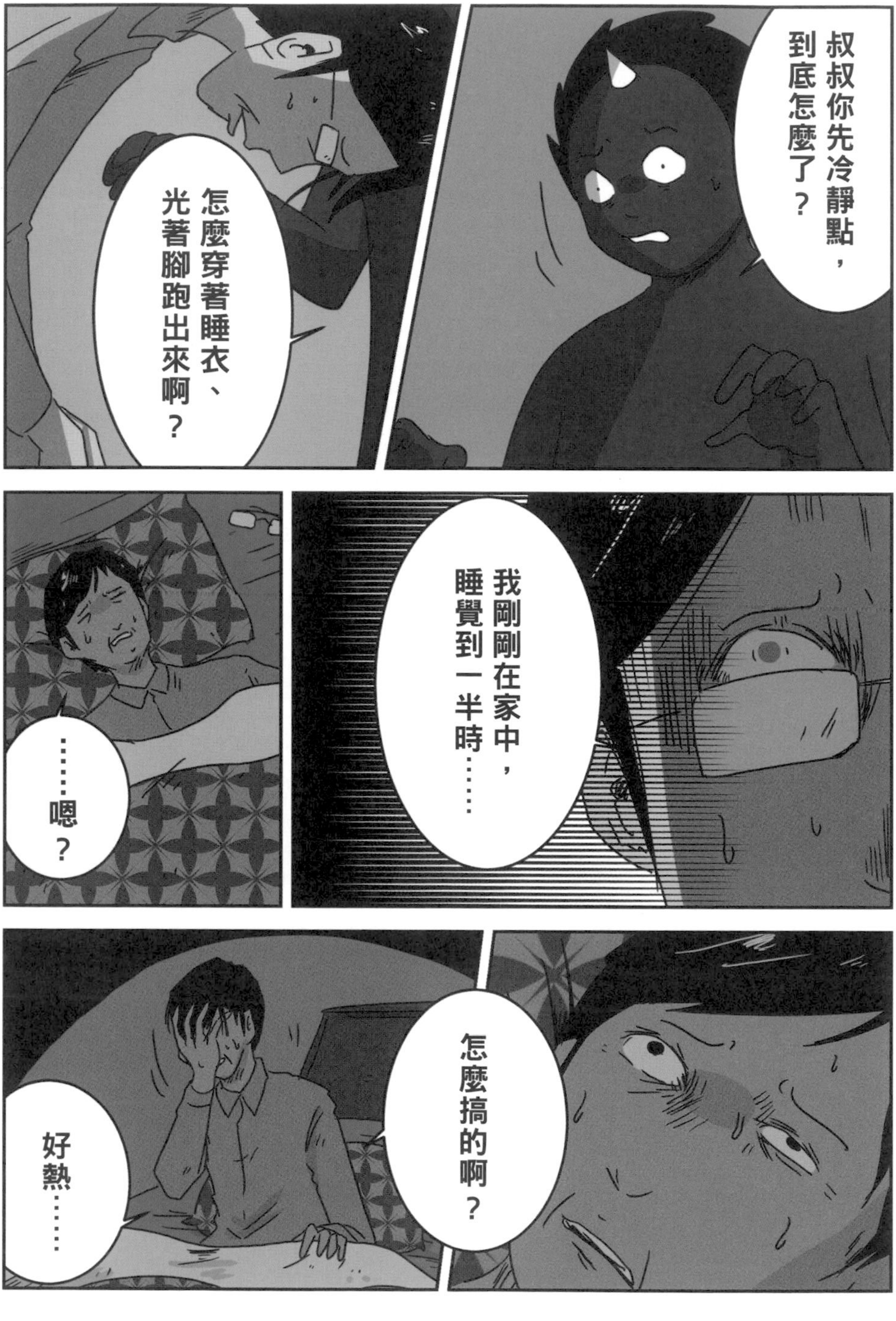
叔叔你先冷靜點，到底怎麼了？
怎麼穿著睡衣、光著腳跑出來啊？
我剛剛在家中，睡覺到一半時……
……嗯？
怎麼搞的啊？
好熱……

房間門縫底下
發出了火光，
失火了嗎？
我擔心的趕緊下床，
打開房門，
開門
罪人……

在哪裡？

看到那個景象，
我嚇得從後門跑出來，
就這樣頭也不回的
一直在路上奔跑。
我說叔叔，
你是不是
作惡夢了啊？
你想想，怎麼可能
會有這麼誇張的事呢？
你說是吧？

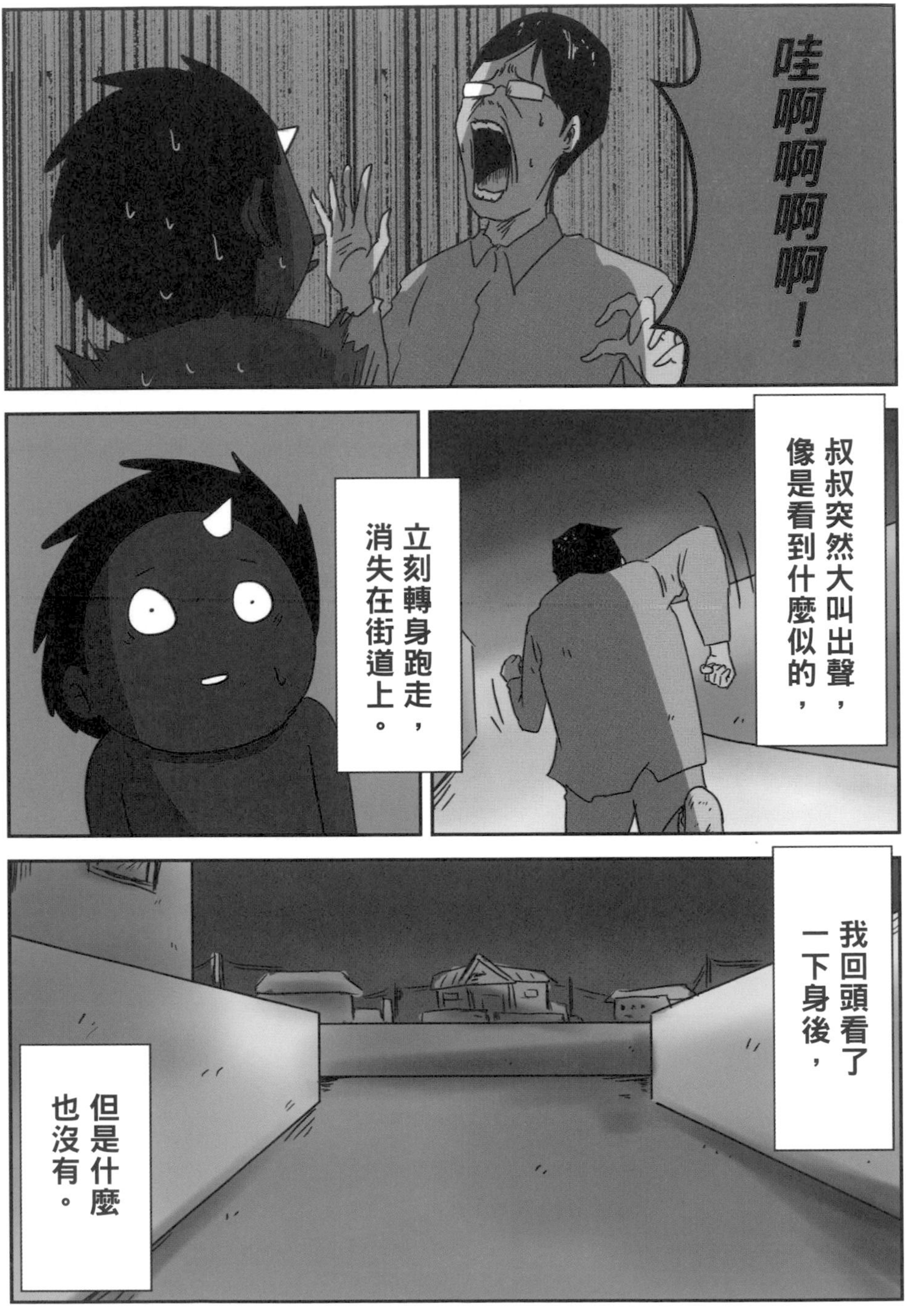
哇啊啊啊啊！
叔叔突然大叫出聲，像是看到什麼似的，
立刻轉身跑走，消失在街道上。
我回頭看了一下身後，
但是什麼也沒有。

隔天早上，
從媽媽那裡得知，
隔壁的叔叔前天去世了。
因為心肌梗塞，
死在自己的房間床上。
看來是報應啊！
聽說他私底下靠詐騙賺了很多黑心錢！

兒子，你千萬不能做壞事哦！
不然死後可是會被火車拖到地獄去的！
啊？那是什麼？
是一種像貓的妖怪，會拉著著火的推車，
把生前作惡的人拉進地獄……
我沒將昨晚遇到叔叔的怪事說出來，
看來他真的被拉下去了……

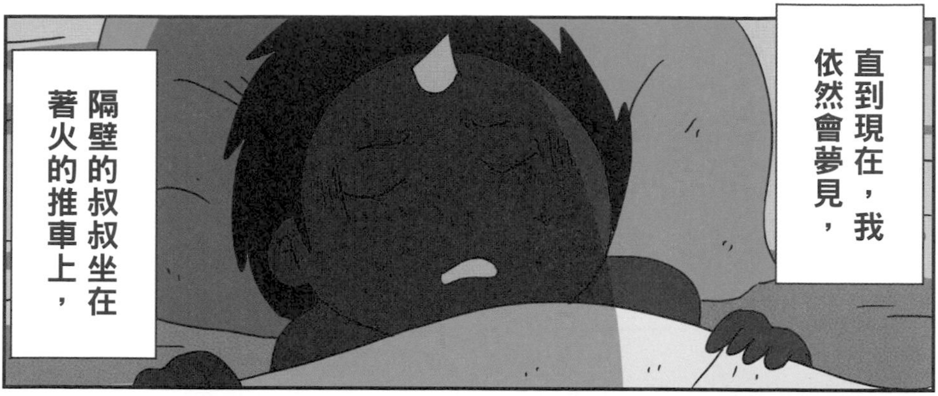
直到現在，我依然會夢見，
隔壁的叔叔坐在著火的推車上，

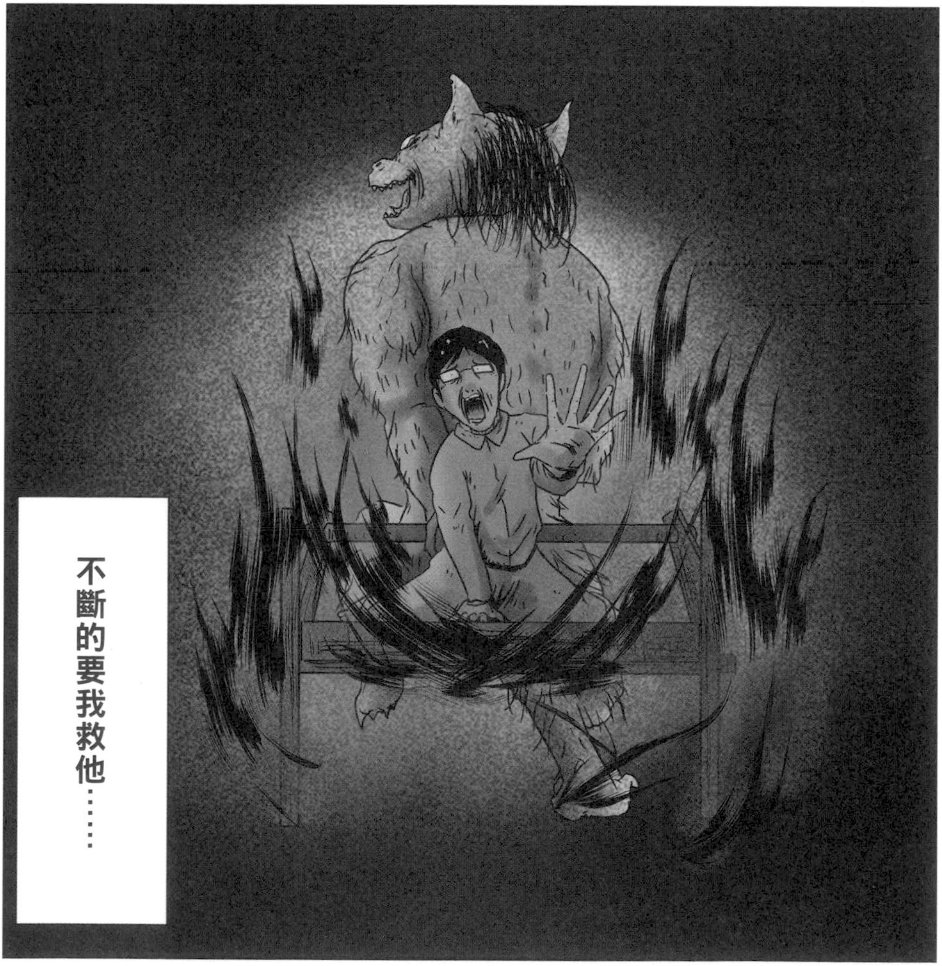
不斷的要我救他……

【尋找．完】

火車

全身長滿毛，外形類似貓，將生前行惡的罪人，送往地獄的妖怪。

哭泣的小孩

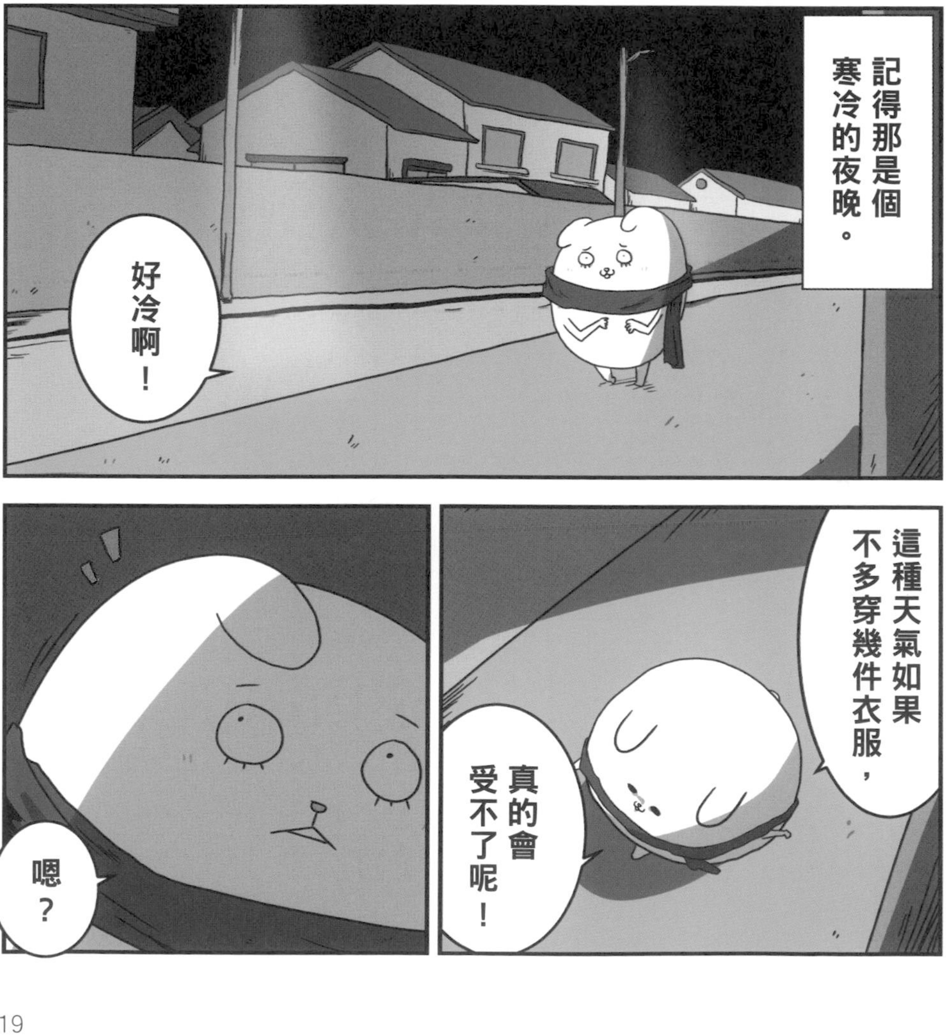
記得那是個寒冷的夜晚。
好冷啊！
這種天氣如果不多穿幾件衣服，
真的會受不了呢！
嗯？

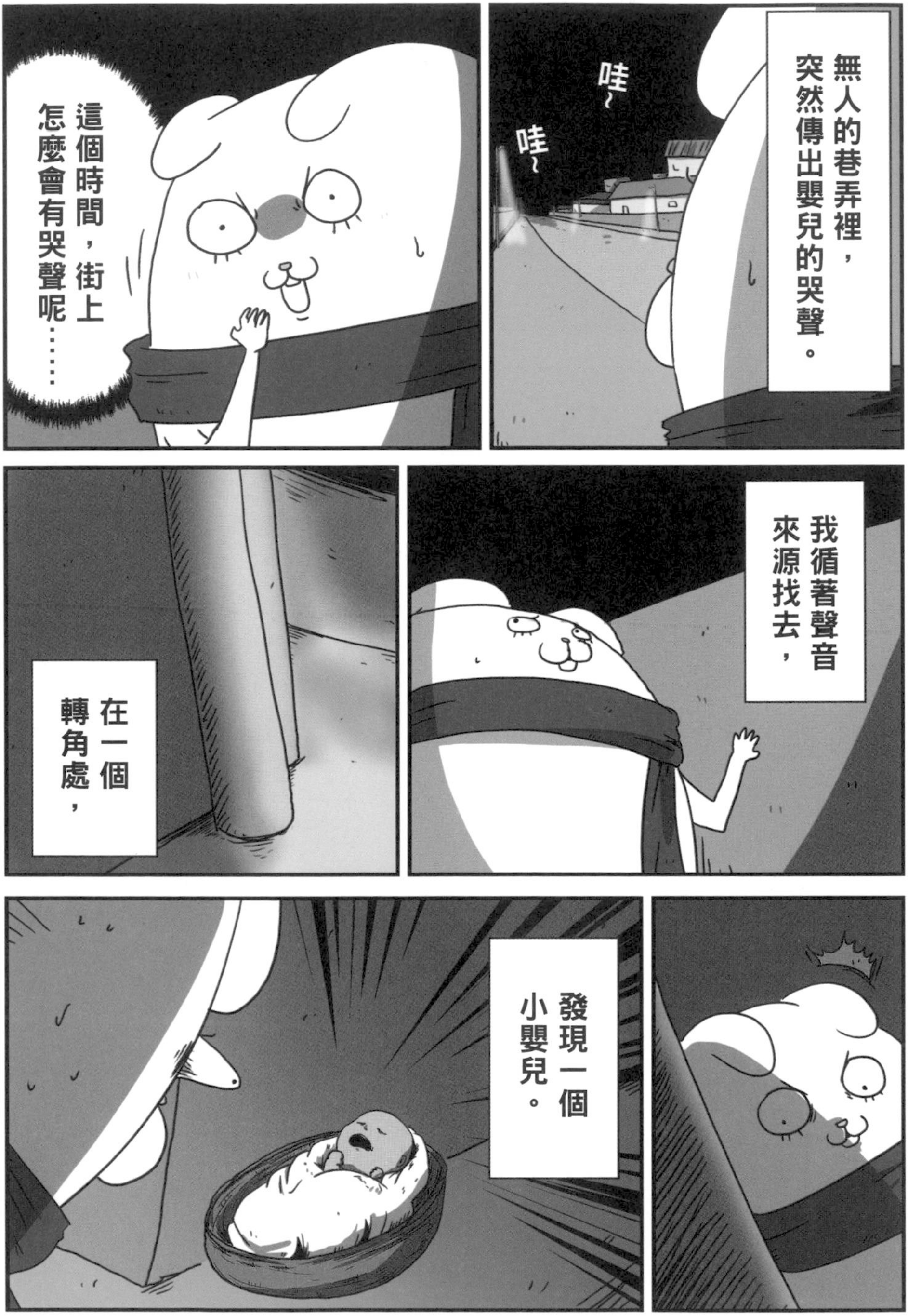
無人的巷弄裡，突然傳出嬰兒的哭聲。
哇~
哇~
這個時間，街上怎麼會有哭聲呢……
我循著聲音來源找去，
在一個轉角處，
發現一個小嬰兒。

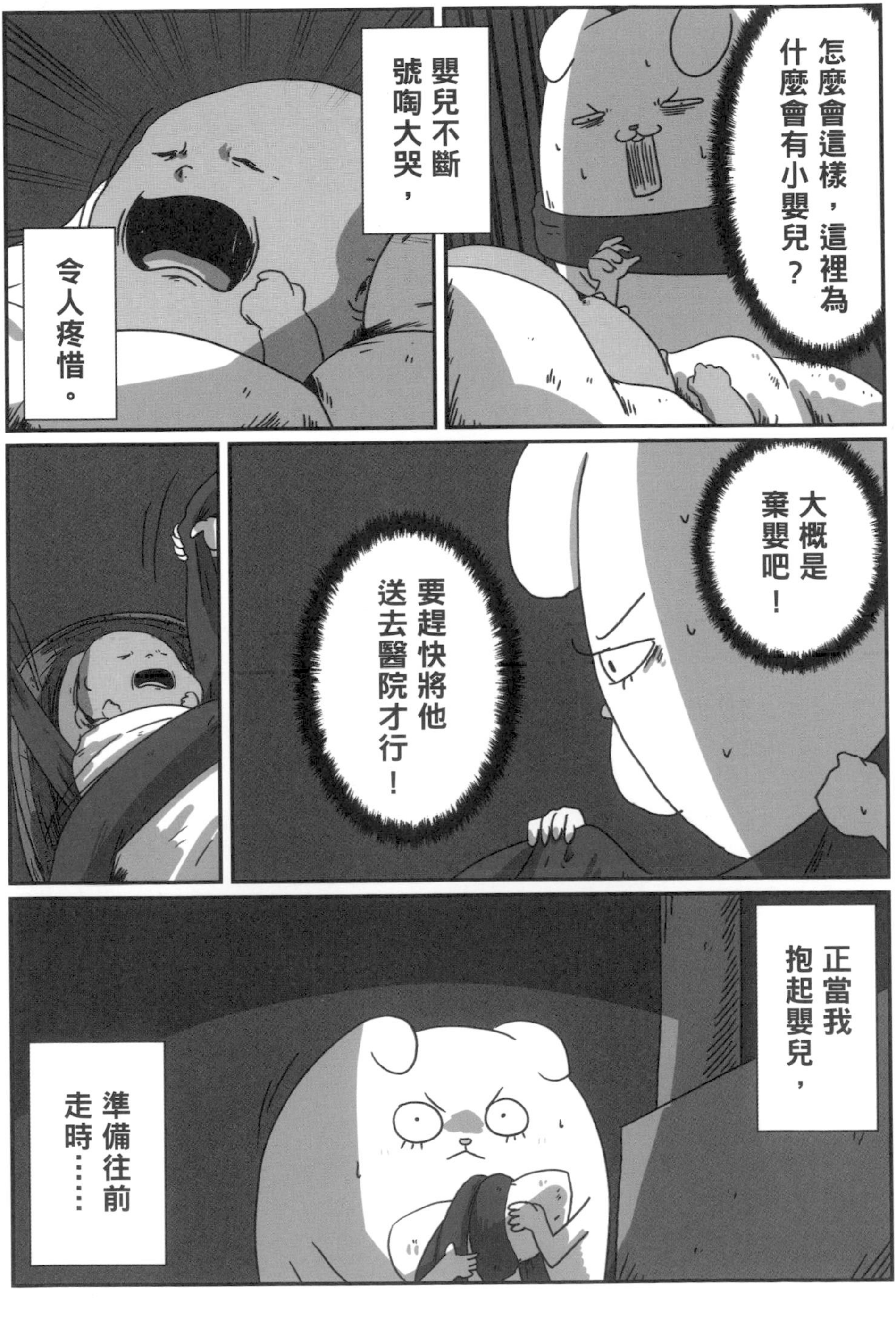
怎麼會這樣，這裡為什麼會有小嬰兒？
嬰兒不斷號啕大哭，
令人疼惜。
大概是棄嬰吧！
要趕快將他送去醫院才行！
正當我抱起嬰兒，
準備往前走時……

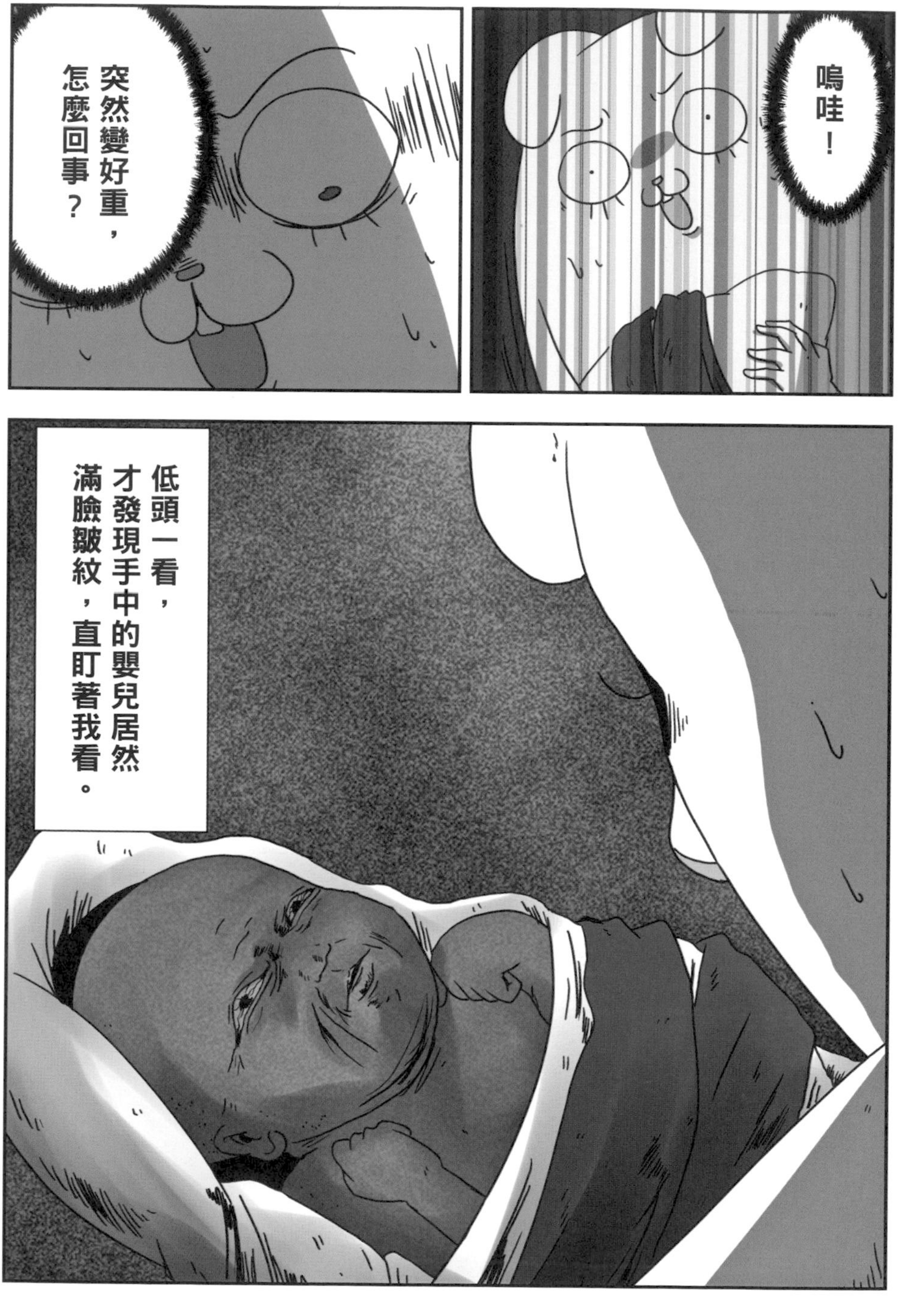
嗚哇！
突然變好重，怎麼回事？
低頭一看，才發現手中的嬰兒居然滿臉皺紋，直盯著我看。

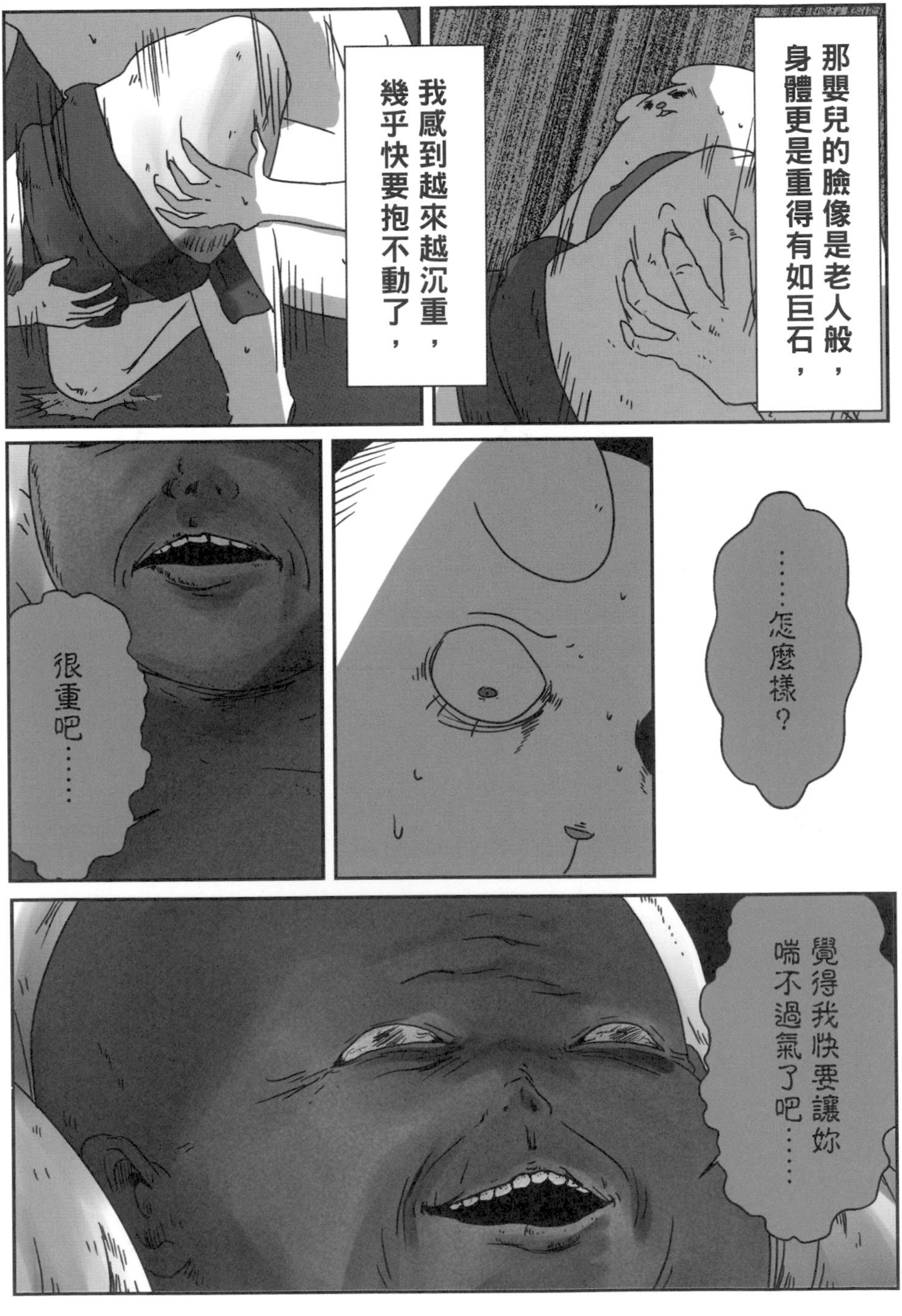
那嬰兒的臉像是老人般，
身體更是重得有如巨石，
我感到越來越沉重，
幾乎快要抱不動了，
……怎麼樣？
很重吧……
覺得我快要讓妳
喘不過氣了吧……

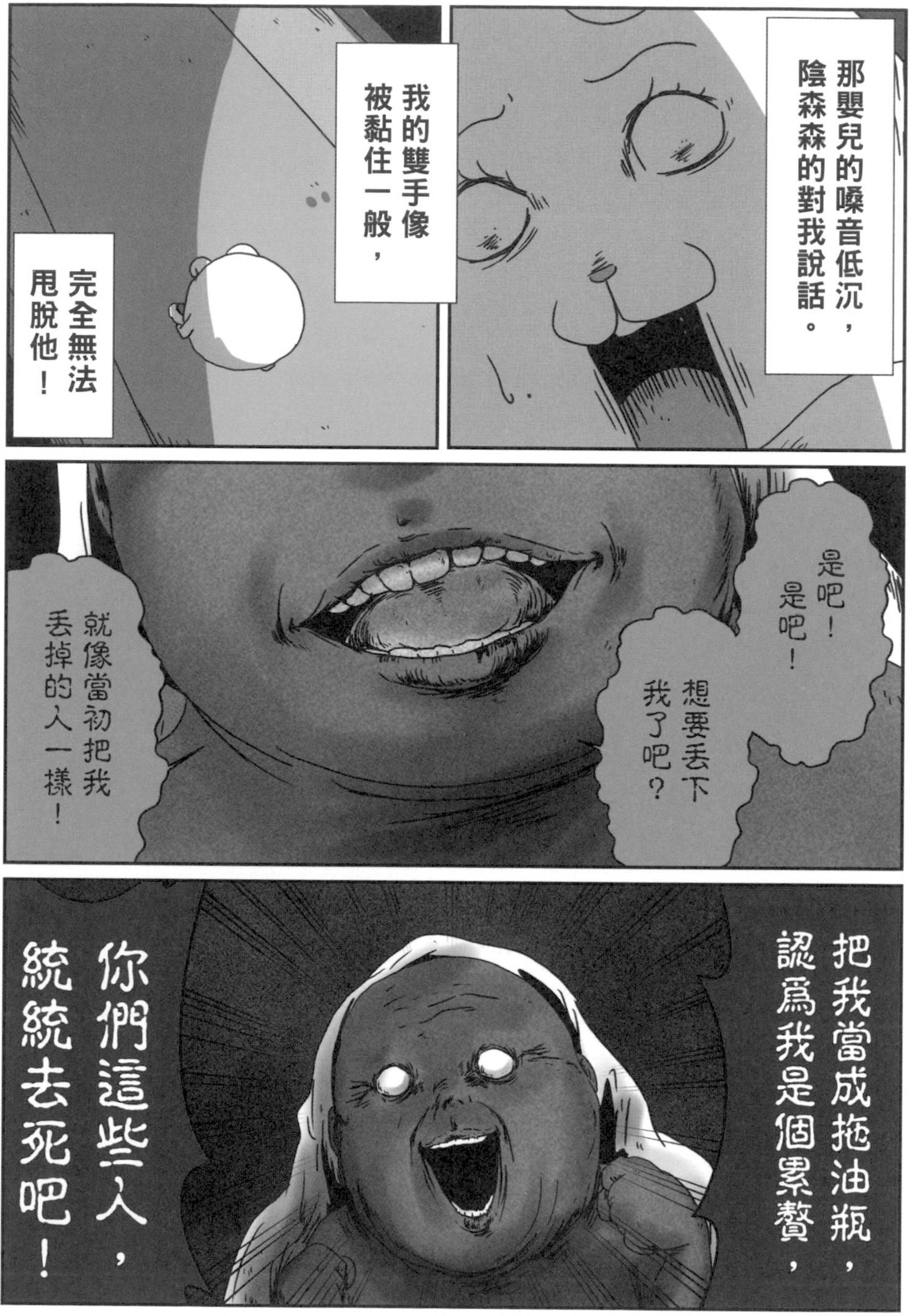
那嬰兒的嗓音低沉，陰森森的對我說話。
我的雙手像被黏住一般，
完全無法甩脫他！
是吧！是吧！
想要丟下我了吧？
就像當初把我丟掉的人一樣！
把我當成拖油瓶，認爲我是個累贅，
你們這些人，統統去死吧！

這時我才想起，
朋友跟我說過一個可怕的傳說。
你們聽過兒啼爺嗎？
據說在以前當旅人走在深山中，
幽暗的山路旁會傳來，
陣陣的嬰兒啼哭聲，
哇~~
哇~~

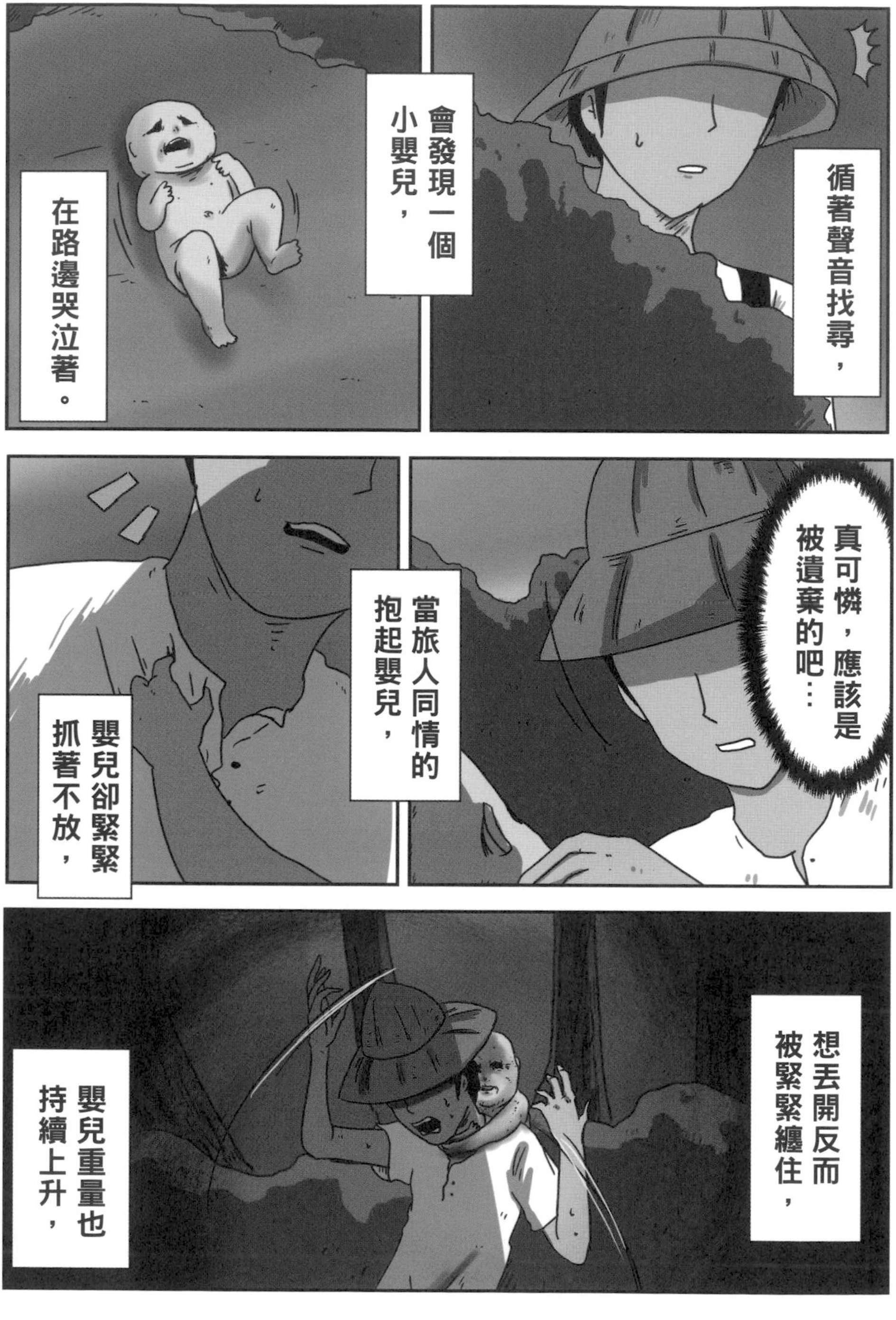
循著聲音找尋，
會發現一個小嬰兒，
在路邊哭泣著。
真可憐，應該是被遺棄的吧……
當旅人同情的抱起嬰兒，
嬰兒卻緊緊抓著不放，
想丟開反而被緊緊纏住，
嬰兒重量也持續上升，

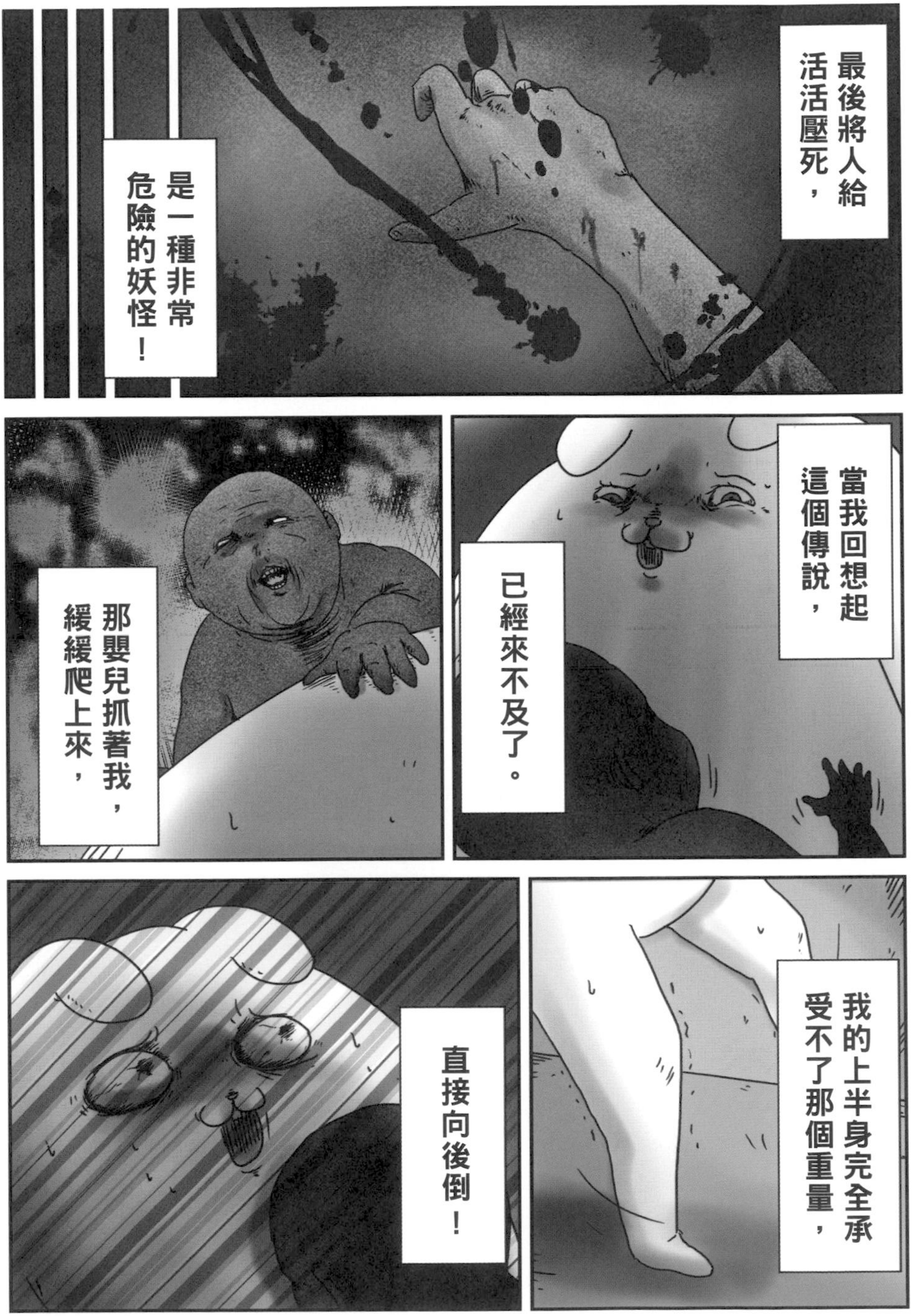
最後將人給活活壓死，
是一種非常危險的妖怪！
當我回想起這個傳說，
已經來不及了。
那嬰兒抓著我，緩緩爬上來，
我的上半身完全承受不了那個重量，
直接向後倒！

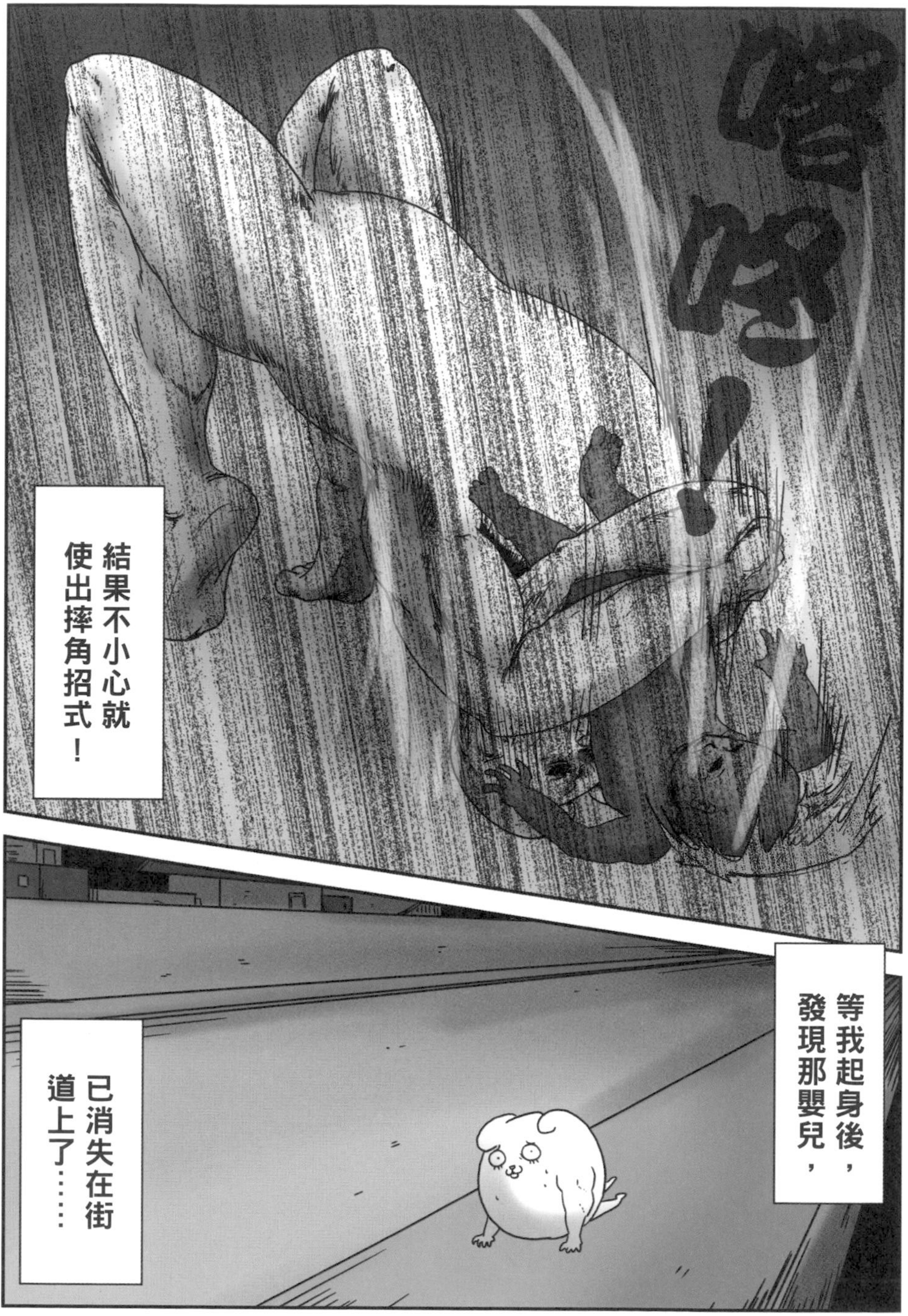
結果不小心就使出摔角招式！
等我起身後，發現那嬰兒，
已消失在街道上了……

【哭泣的小孩・完】

兒啼爺

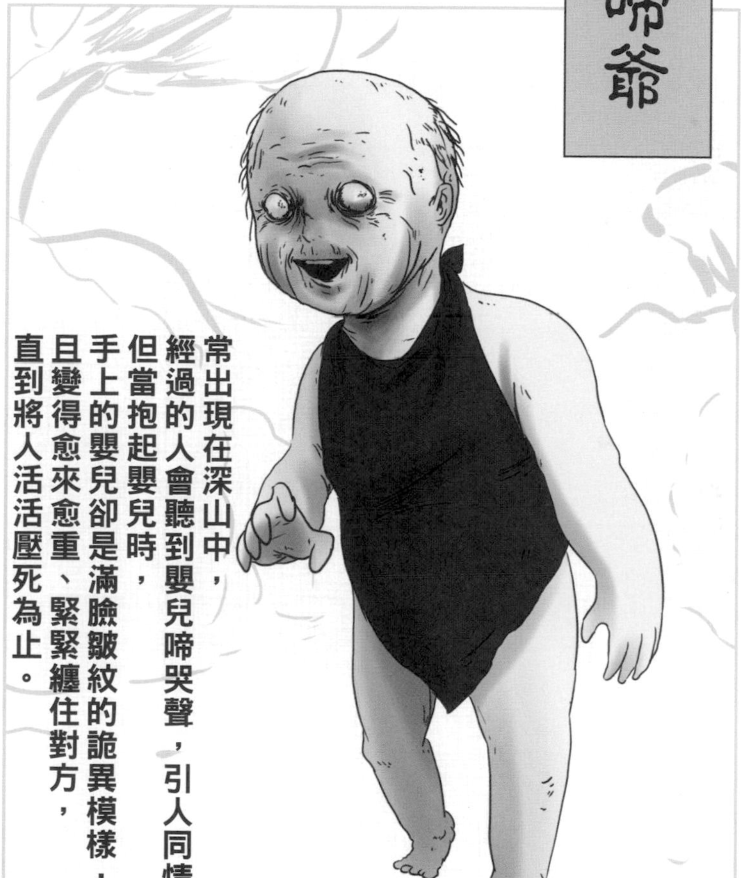

常出現在深山中，
經過的人會聽到嬰兒啼哭聲，引人同情。
但當抱起嬰兒時，
手上的嬰兒卻是滿臉皺紋的詭異模樣，
且變得愈來愈重、緊緊纏住對方，
直到將人活活壓死為止。

深夜召喚

這是發生在我國中時，親身經歷的事件。
當時我住在鄉下的三合院，
暑假時，表姊們從北部下來玩。
就從那個深夜開始說起吧……

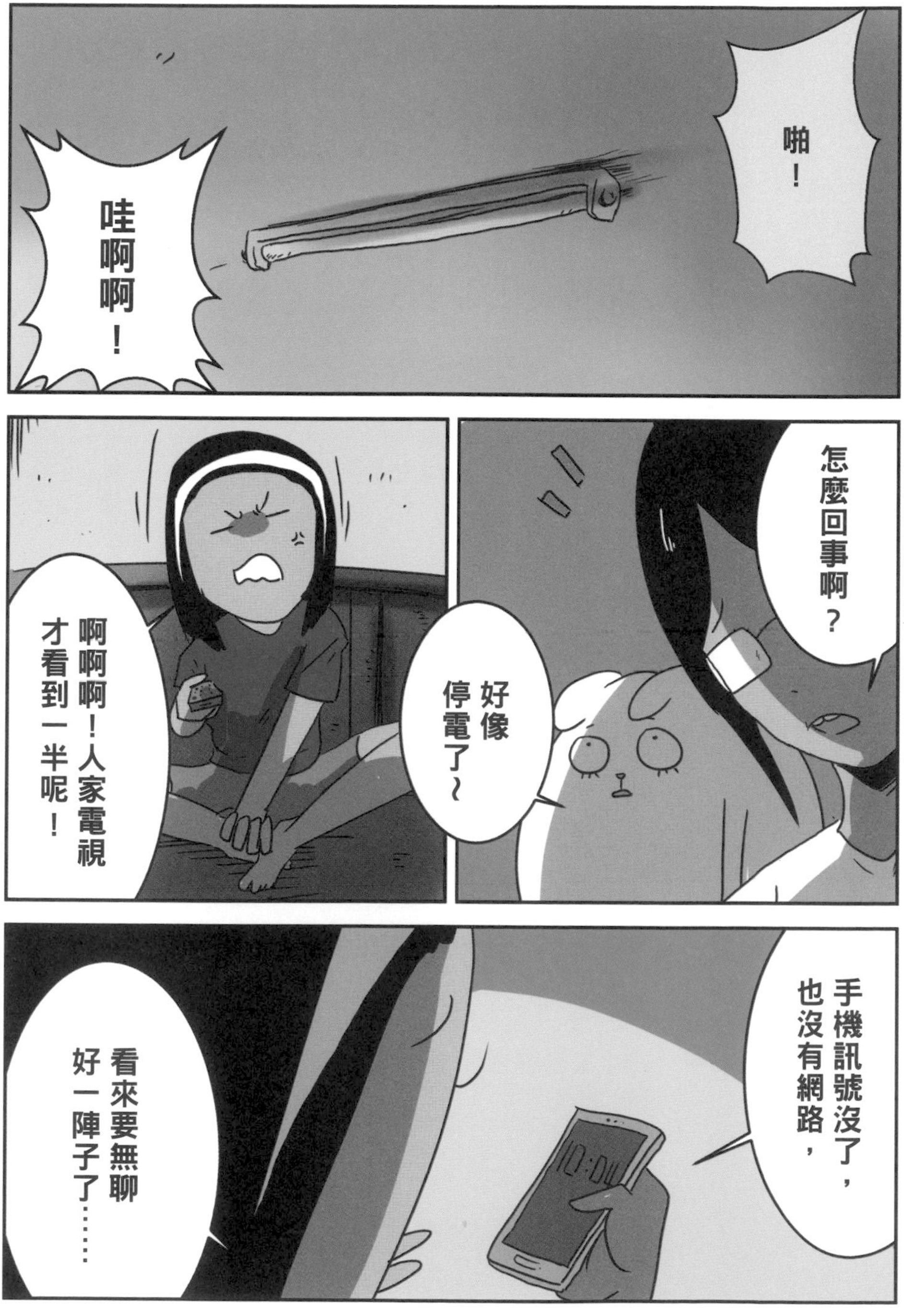
啪！
哇啊啊！
怎麼回事啊？
好像停電了～
啊啊啊！人家電視才看到一半呢！
手機訊號沒了，也沒有網路，
看來要無聊好一陣子了……

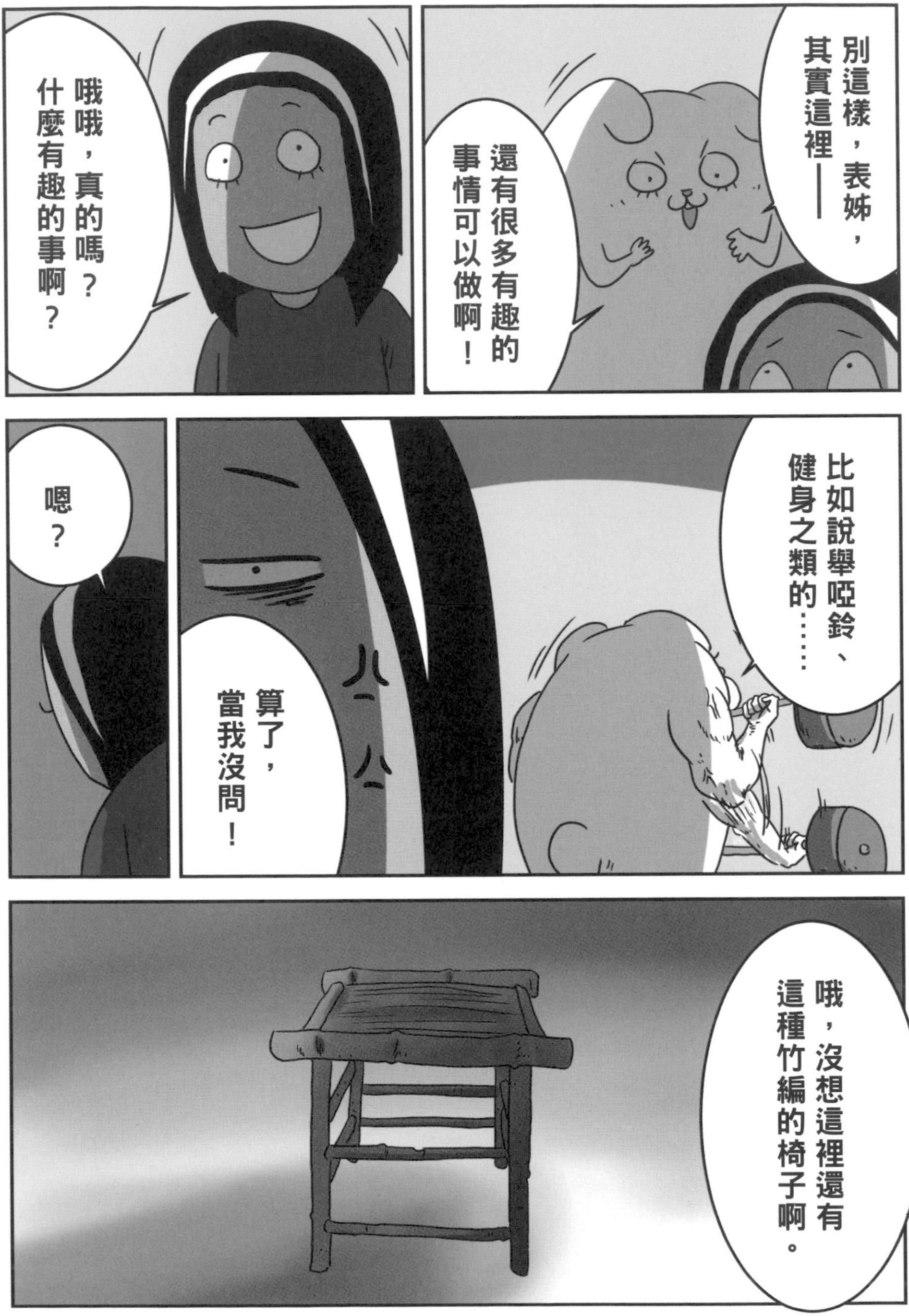
別這樣，表姊，其實這裡——
還有很多有趣的事情可以做啊！
哦哦，真的嗎？什麼有趣的事啊？
比如說舉啞鈴、健身之類的……
算了，當我沒問！
嗯？
哦，沒想這裡還有這種竹編的椅子啊。

既然有竹椅的話，
要不要來玩……
一個有趣的
占卜呢？
就這樣，我們在
中央空地裡，
開始了奇妙
的儀式。
東西都
準備好了嗎？
差不多了。

胭脂、水粉、香花、水果、剪刀、尺，
全都放在籃子裡了。
嗯，然後將一件女童的衣服，
放在竹椅上。
你們兩個，雙手各拿一邊凳腳，
儀式中千萬不要放開手
所以這到底是在做什麼啊？
我在書上看來的，

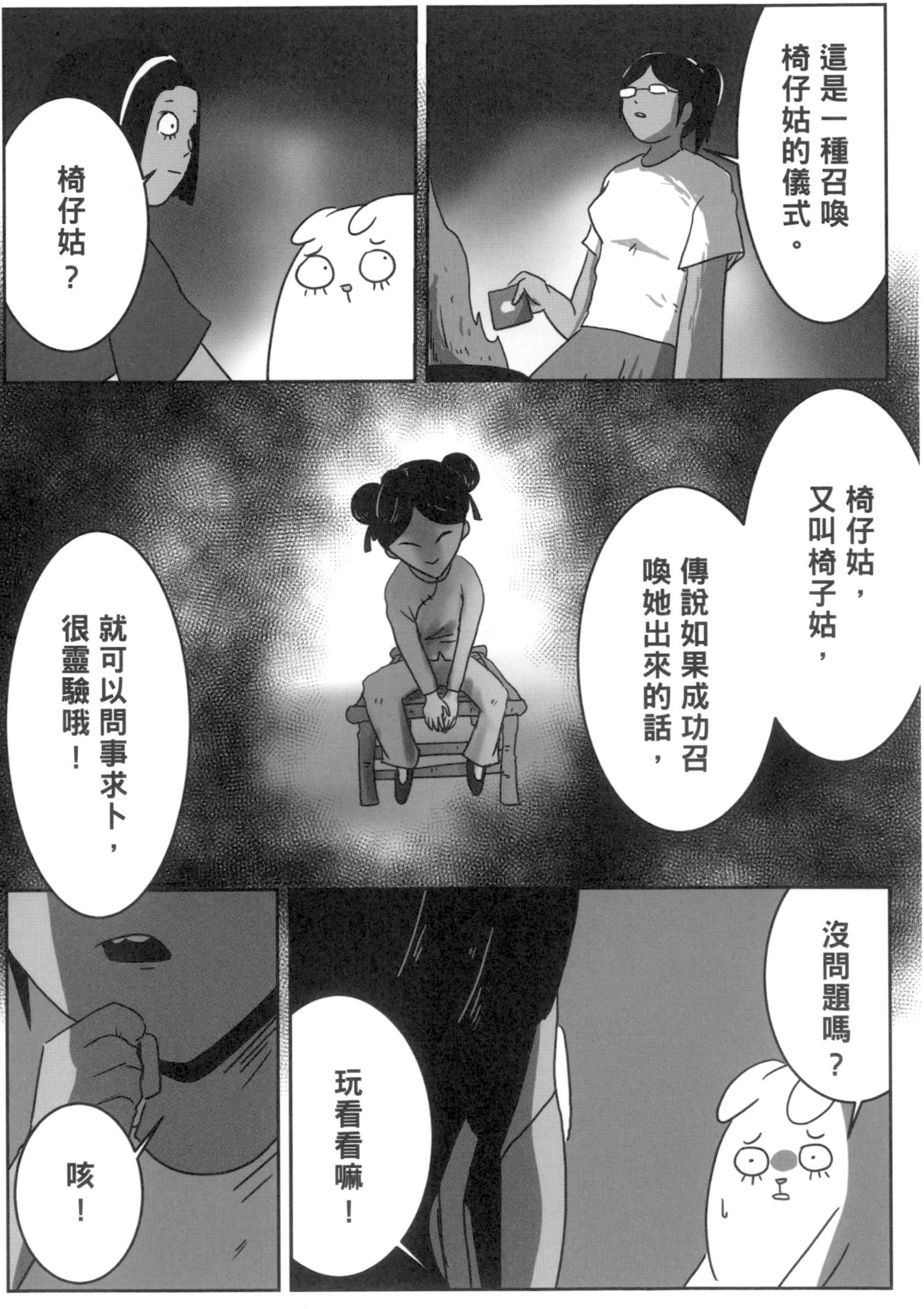
這是一種召喚椅仔姑的儀式。
椅仔姑？
椅仔姑，又叫椅子姑，
傳說如果成功召喚她出來的話，
就可以問事求卜，很靈驗哦！
沒問題嗎？
玩看看嘛！
咳！

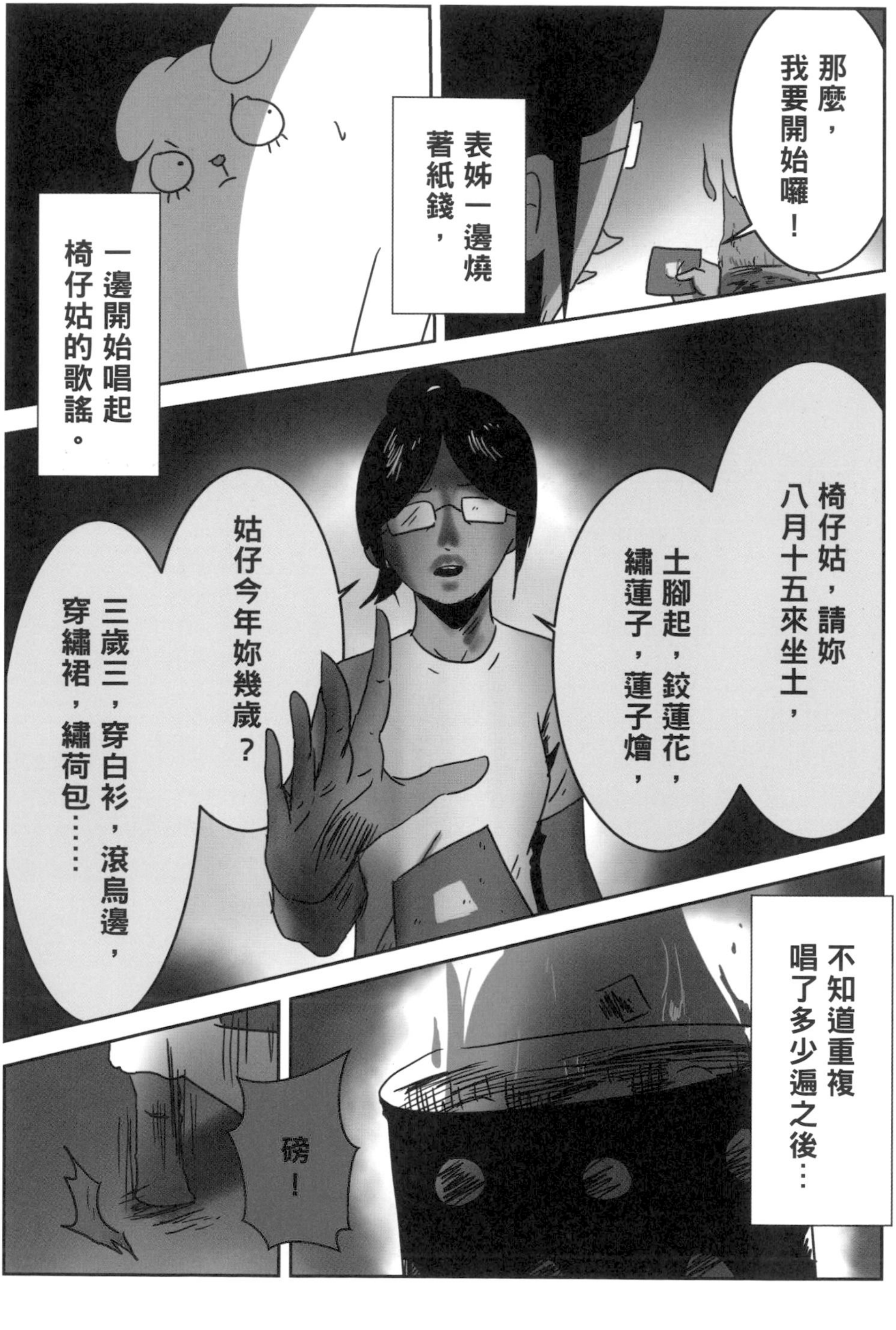
那麼，我要開始囉！
表姊一邊燒著紙錢，
一邊開始唱起椅仔姑的歌謠。
椅仔姑，請妳八月十五來坐土，土腳起，鉸蓮花，繡蓮子，蓮子燴，
姑仔今年妳幾歲？三歲三，穿白衫，滾烏邊，穿繡裙，繡荷包……
不知道重複唱了多少遍之後……
磅！

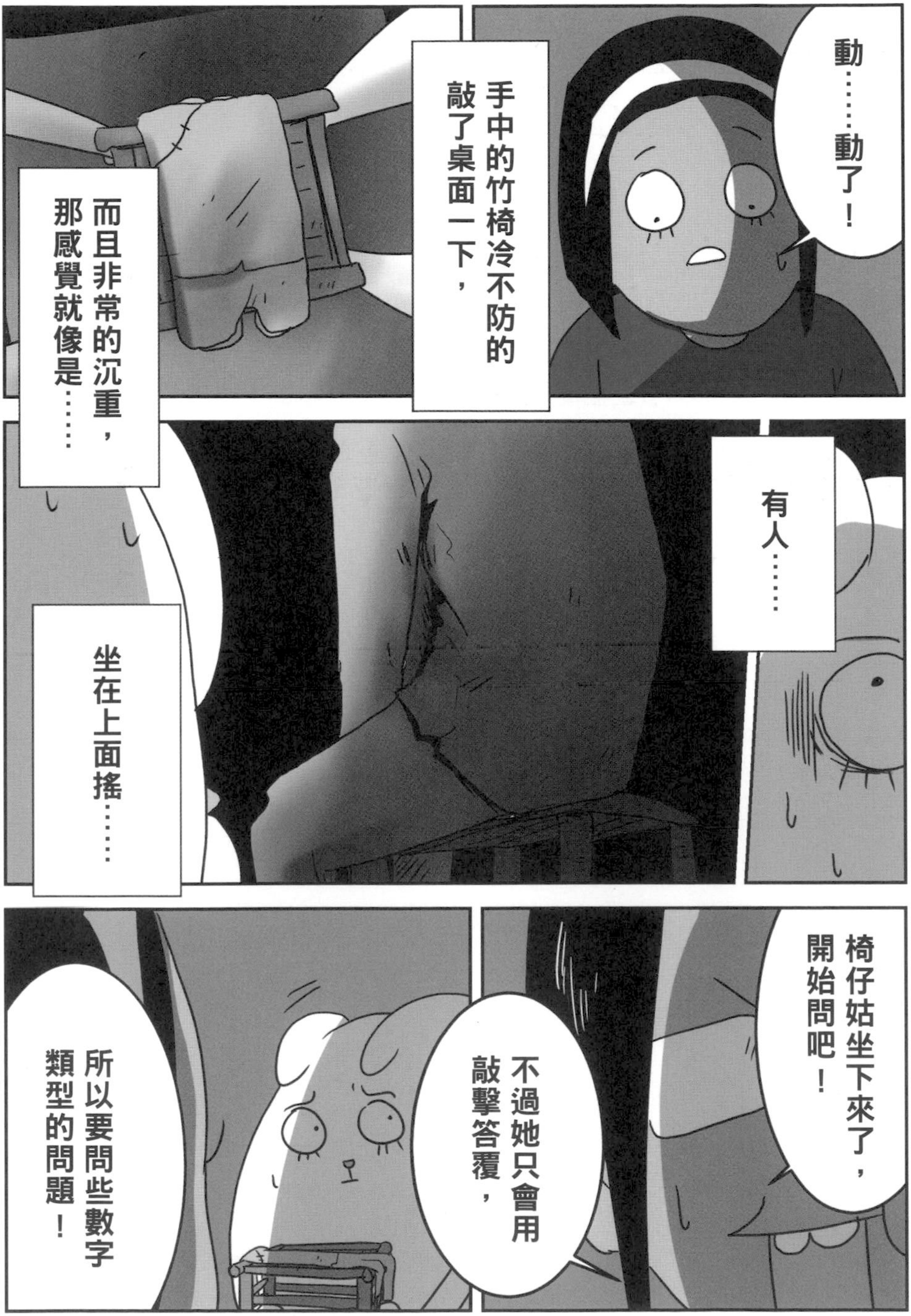
動……動了！
手中的竹椅冷不防的敲了桌面一下，
而且非常的沉重，那感覺就像是……
有人……
坐在上面搖……
椅仔姑坐下來了，開始問吧！
不過她只會用敲擊答覆，
所以要問些數字類型的問題！

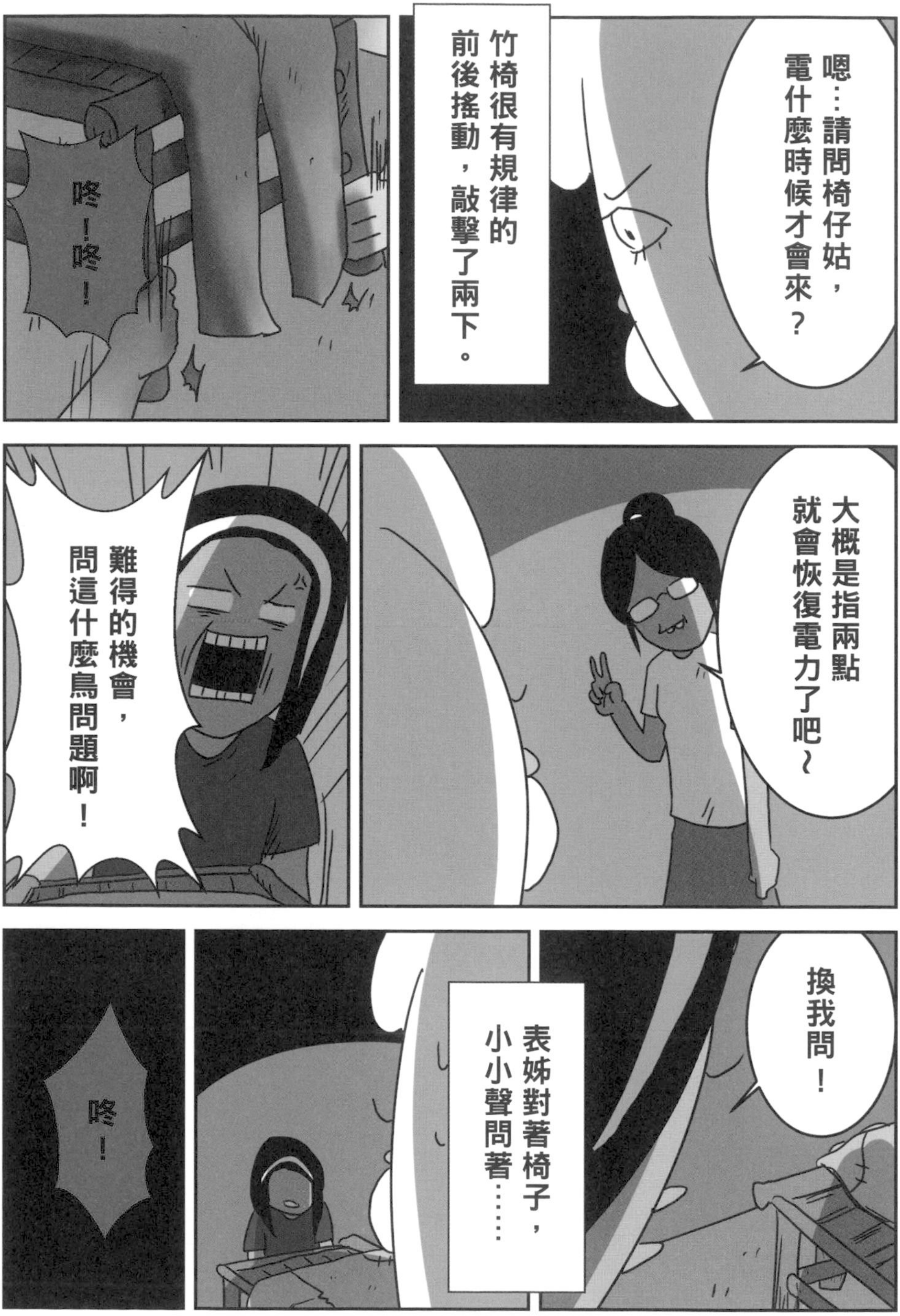
嗯…請問椅仔姑，電什麼時候才會來？
竹椅很有規律的前後搖動，敲擊了兩下。
咚！咚！
大概是指兩點就會恢復電力了吧~
難得的機會，問這什麼鳥問題啊！
換我問！
表姊對著椅子，小小聲問著……
咚！

咚！
咚！
咚！
咚！
奇怪……
不知道怎麼回事，忽然間，
椅子不斷敲擊桌面，而且速度越來越快！
怎麼回事啊？完全停不下來！
停下來！快停下來啊！
力量像是被椅子吸住，
完全無法抽離！

好可怕！救命，我不想玩了啦……
吵死啦！
大半夜妳們三個人不睡覺在做什麼啊？
媽！
說也奇怪，媽媽跑出來罵人後，
所以動作就立刻停了下來！
得救了……
傳說椅仔姑是三歲時，在竹椅上被嫂嫂虐待而死，
所以現場絕不能出現已婚的人。

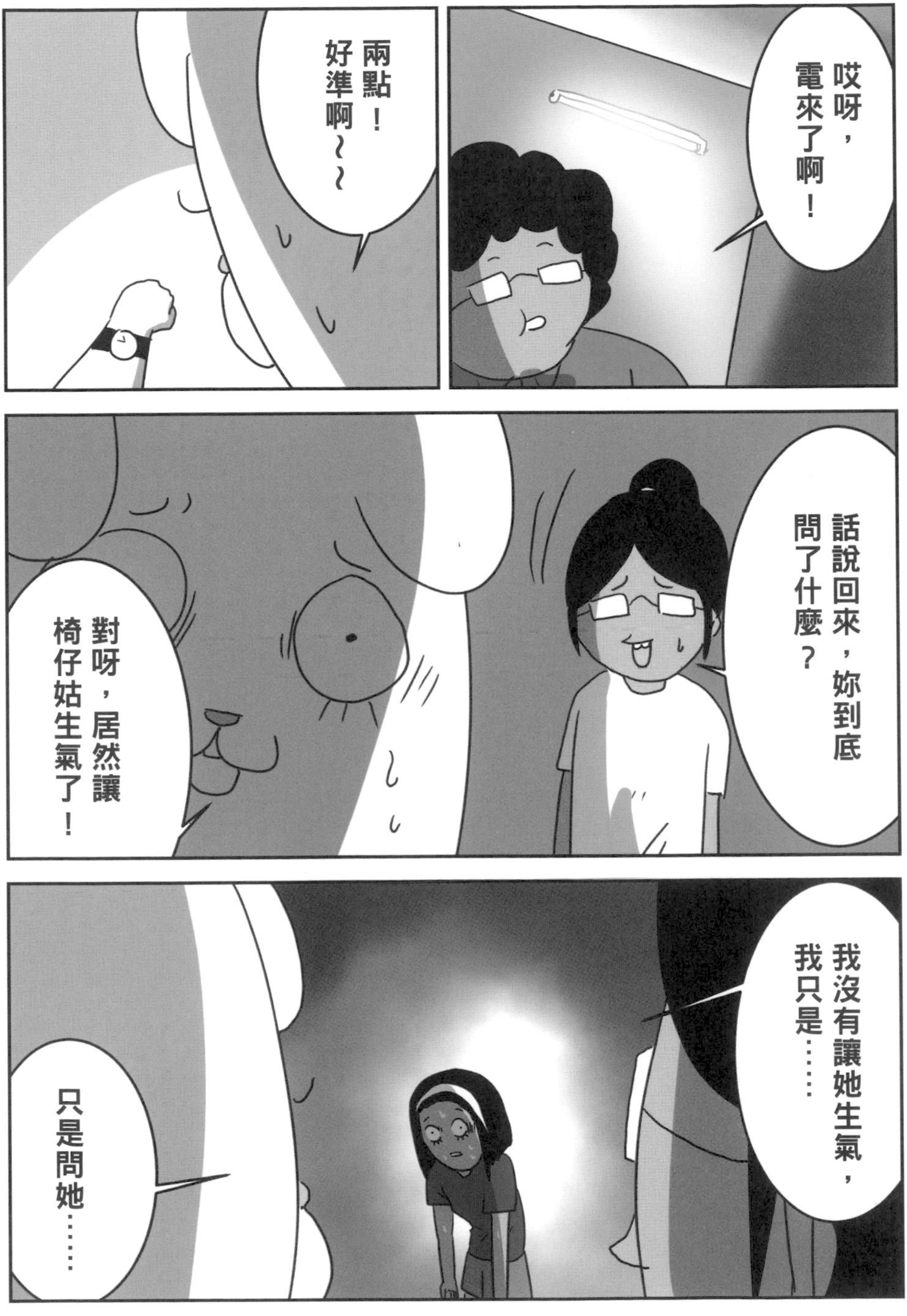
哎呀，電來了啊！
兩點！好準啊～～
話說回來，妳到底問了什麼？
對呀，居然讓椅仔姑生氣了！
我沒有讓她生氣，我只是……
只是問她……

我幾歲才會
交到男朋友……
從那次之後，
我們就再也不玩
這麼可怕的占卜儀式了。

椅仔姑

又稱椅子姑，出自臺灣傳說，據說她是被虐致死的三歲女童魂魄，如果成功召喚出椅仔姑，就能用椅子向她問事求卜。

後記

想對大家說的話

終於又跟大家見面啦！
不知道大家喜不喜歡這次的故事呢？

當然妖怪相關的題材實在太多，
一時之間也畫不完，
希望有機會能夠再出相關系列的書~

除了實體書，也歡迎大家來 Webtoon
收看阿慢每週連載的恐怖漫畫唷 !!

WEB TOON

那麼，我們就下本書見囉～

謝謝你鼓起勇氣耐心的看到最後這一頁，也歡迎上網搜尋「百鬼夜行誌 Black Comedy」，觀看更多恐怖搞笑的鬼故事哦！若是你有什麼話或是不可思議經歷想對阿慢我說，歡迎來信 hiphop200177@gmail.com 或是上粉絲團幫我加油打氣哦 !!!!

作者溫腥提醒
閱覽本書期間若發生任何靈異事件，純屬巧合……

Fun系列039

百鬼夜行誌【妖怪卷】

作　者－阿慢
主　編－陳信宏
責任編輯－尹蘊雯
責任企畫－曾俊凱
美術協力－FE設計

總　編　輯－李采洪
董　事　長－趙政岷
出　版　者－時報文化出版企業股份有限公司
一〇八〇一九　臺北市和平西路三段二四〇號三樓
發行專線－（〇二）二三〇六六八四二
讀者服務專線－（〇八〇〇）二三一七〇五・（〇二）二三〇四七一〇三
讀者服務傳真－（〇二）二三〇四六八五八
郵撥－一九三四四七二四　時報文化出版公司
信箱－一〇八九九臺北華江橋郵局第九九信箱
時報悅讀網－http://www.readingtimes.com.tw
電子郵件信箱－newlife@readingtimes.com.tw
時報出版愛讀者粉絲團－http://www.facebook.com/readingtimes.2
法律顧問－理律法律事務所　陳長文律師、李念祖律師
印　　刷－和楹印刷股份有限公司
初版一刷－二〇一七年八月十八日
初版九刷－二〇二四年三月八日
定　　價－新台幣二六〇元
（若有缺頁或破損，請寄回更換）

時報文化出版公司成立於一九七五年。
一九九九年股票上櫃公開發行，二〇〇八年脫離中時集團非屬旺中，
以「尊重智慧與創意的文化事業」為信念。

百鬼夜行誌【妖怪卷】/ 阿慢 著；
-- 初版 . 一 臺北市：時報文化 , 2017.08-
面；　公分 . --(FUN；039)

ISBN 978-957-13-7088-0（平裝）
857.63　　106012243

ISBN 978-957-13-7088-0
Printed in Taiwan